Für
Daniel Hänni
Lokführer der RhB

Danka vielmola für allas!

Wer eine Reise tut,
der kann was erleben …

1

Petra Schmitz blickte aus dem Fenster des fahrenden Bernina Express, der soeben an Pontresina vorbei Richtung Ospizio Bernina ratterte, das auf zweitausend Metern den höchsten Punkt der Zugstrecke markierte. Ein heiserer Pfiff ertönte in einer der lang gezogenen Kurven, in denen der feuerrote Zug stetig an Höhe gewann. Petras Eltern waren damals auf ihrer Hochzeitsreise ebenfalls hier hochgefahren, genau dreißig Jahre war das her. Übrig geblieben war nach vierzehn Jahren Ehe jedoch nur ein hässlicher Scherbenhaufen, aus dem sich die damals pubertierende Tochter vergeblich eine Discokugel zu basteln versuchte.

Dass Petra, mittlerweile dreißigjährig, an diesem kornblumenblauen Sommertag in der ersten Klasse sitzen durfte, war einer deutschen Glücksfee geschuldet. Vor vier Monaten, an einem frostigen Februartag, saß die etwas rundliche und stets gepflegte Altenpflegerin im Wartezimmer ihres Zahnarztes in Ismaning, einer kleinen Gemeinde im Norden des Landkreises München, und blätterte angespannt in der *Bunten*. Dies tat sie, weil sie Angst hatte, dass bald die Zahnarzthelferin mit einem Lächeln im Gesicht ins Wartezimmer treten, in die Runde der Wartenden blicken und sagen würde: »Fräulein Schmitz? Bitte schön, Sie sind nun dran.« Um sich abzulenken, versuchte Petra die Wettbewerbsfrage im aktuellen Heft zu lösen. Der Hauptgewinn: eine Reise mit dem Bernina Express für zwei Personen. Die Quizfrage dazu lautete: Wie nennen sich die Schweizer auch noch?

Petra musste nicht lange darüber nachdenken, schon kam ihr Schillers Geschichte von diesem Schweizer Freiheitshelden, dem Wilhelm Tell, in den Sinn, die sie in der siebten Klasse hatten lesen müssen. In der Erzählung war öfters von diesen Eidgenossen die Rede gewesen, dem sagenumwobenen Schwur auf der Rütliwiese über dem Vierwaldstättersee und diesem bösartigen Landvogt, dem Gessler. Unvergessen die Stelle im Buch, an der Wilhelm Tell vom Vogt gezwungen wird, mit der Armbrust einen Pfeil durch einen Apfel zu schießen, der auf dem Kopf von Tells Sohn Walterli liegt. Diese Grausamkeit forderte der Landvogt, weil Tell Gesslers Hut nicht gegrüßt hatte, der in Altdorf auf einer Stange hing. Doch Wilhelm Tell wäre nicht der Schweizer Nationalheld geworden, hätte er seinen Pfeil nicht mitten durch den Apfel geschossen und damit das Leben seines tapferen Buben und das seinige gerettet. Als Gessler den wackeren Tell nach dem Schuss fragte, warum er sich denn zwei Pfeile zurechtgelegt habe, da blickte ihn Tell an und antwortete: »Hätte der erste Pfeil mein Walterli getroffen, so hätte der zweite Euch wahrlich nicht verfehlt.«

Petra hatte diese Geschichte geliebt, den aufopfernden Kampf von Unterdrückten gegen die Obrigkeit, und hätte sich gewünscht, dass es in ihrer Zeit damals als Teenagerin einen Tell oder noch besser eine Tellin gegeben hätte. *Eidgenossen* tippte sie die Antwort in ihr Handy.

Petra hatte einen Moment über diese Wettbewerbsfrage nachdenken müssen und nahm daher an, dass es wohl nicht viele *Bunte*-Leser gab, die die Antwort wüssten. Normalerweise waren die Fragen in solchen Heften ja immer so simpel, dass böse Zungen behaupteten, dies sei der stetig sinkenden Allgemeinbildung der Deutschen geschuldet. In diesem Fall jedoch war dem nicht so, und daher schien ihr die Gewinnchance höher zu sein als in jedem Heft bisher. Deshalb nahm sie kurzentschlossen am Gewinnspiel teil.

Wochen später, sie hatte den Zahnarztbesuch, das Quiz und die Eidgenossen längst wieder vergessen, erhielt sie eine Mail mit einer Gewinnverkündigung, die sie im ersten Augenblick gleich in den Spam-Ordner verschieben wollte. Doch dann schaute sie genauer hin und erinnerte sich: Sie hatte doch tatsächlich gewonnen!

So fuhr sie diese Bahnstrecke nun zum zweiten Mal in ihrem Leben. Beim ersten Mal war sie im Bauch der Mutter mit an Bord gewesen. Ihre Eltern hatten damals bestimmt noch händchenhaltend in die nun vorüberziehende Berglandschaft geblickt, sich auf das Familienglück gefreut und Pläne geschmiedet. So zumindest stellte Petra sich das vor.

Während sie so ihren Gedanken nachhing, fiel ihr Blick auf den gegenüberliegenden Sitzplatz. Er war leer. Alexandra, Petras beste und eigentlich einzige Freundin, war kurz vor der Reise krank geworden und musste zu Hause bleiben. Deshalb saß Petra nun allein am Fensterplatz. Ihre Tasche hatte Petra auf den ebenfalls freien Sitz neben sich gelegt, das Handy im Gold-Look lag griffbereit auf der Ablage am Fenster. Vor wenigen Minuten hatte sie Alexandra angerufen, denn wie beste Freundinnen es tun, waren sie auch in dieser Situation füreinander da. Petra hatte ihr nach dem kurzen Gespräch noch eine liebe Nachricht getippt, mit Fingern, deren Nägel je eine andere Farbe trugen. Alle waren sie knallbunt, außer der am linken kleinen Finger, den lackierte sie immer schwarz – ihr Markenzeichen sozusagen.

Während die hoch gelegenen, im Sonnenschein gebadeten Alpweiden an ihr vorüberzogen, dachte Petra darüber nach, dass vor dem Streckenbau, zur Zeit von Heidi, deren Großvater, dem grimmigen Alpöhi, und dem immer hungrigen Geissenpeter, bestimmt keiner der hier oben hart krampfenden Eidgenossen geglaubt hätte, dass mal eine Zeit kommen würde, in der Menschen klimatisiert durch diese hochalpine Abgeschiedenheit der Berge reisen und dabei Instagram und Facebook mit Selfies füttern würden. Petra empfand diese Art der Selbstdarstellung mitleiderregend und würdelos und mied die sogenannt sozialen Medien daher konsequent. Und auch im echten Leben war sie unscheinbar und stand nicht gern im Mittelpunkt: Sie war weder groß noch klein, weder dick noch dünn, und auch sonst hatte die Brünette, abgesehen von ihren kunterbunten Fingernägeln, optisch nichts Auffälliges an sich. Ihr war am wohlsten, wenn sie in der Masse des Durchschnitts untertauchen konnte.

Während der Zug unter ihr gleichmäßig ruckelte, hörte Petra neben den Touristeninformationen, die hin und wieder auf Englisch, Deutsch und Italienisch aus den Lautsprechern tönten, der Gruppe Japanerinnen zu, die drei Sitzreihen vor ihr völlig aus dem Häuschen aufsprangen, als hätten sie soeben ein paar Aliens entdeckt, wenn wieder ein paar Kühe irgendwo zwischen Alpenrosen und Findlingen weideten.

Nebst der Fünfergruppe japanischer Touristinnen reisten drei deutsche Frauen mit. Die über Fünfzigjährigen stammten zweifellos alle aus dem schönen Schwabenländle, der Dialekt war unverkennbar. Petra hatte auch diese Frauen nur kurz gesehen, als sie dem Zug zustiegen, sie hatten sich mit einem »Grüß Gott« begrüßt. Nun saß dieses Grüppchen eine Sitzreihe vor den Japanerinnen und schien ebenfalls bei bester Laune.

Zusätzlich zu diesen beiden heiteren Reisegruppen vor ihr saß eine Nonne seitlich von Petra am Fenster auf der anderen Seite des Zuges. Sie saß wie Petra ebenfalls in Fahrtrichtung. Hin und wieder suchte die Ordensschwester lächelnd den Blickkontakt über den Mittelgang hinweg. Wahrscheinlich aus Mitleid, dachte Petra, weil sie allein reiste.

Dann waren da noch weitere Stimmen im Panoramawagen zu hören: die von zwei Franzosen, zwei Italienerinnen, und Petra glaubte, noch Holländisch erkannt zu haben. Doch außer der Nonne sah sie von ihrem Sitzplatz aus keinen der anderen Fahrgäste im Abteil der ersten Klasse.

Alles in allem war der Panoramawagen nur knapp zu einem Viertel besetzt, was Petra nicht wunderte, denn es war Dienstag, der 21. Juni 2022, die letzte Woche, bevor in den meisten Kantonen der Schweiz und auch anderswo die langen Sommerferien begannen – ein Reisedatum, das typisch war für solche Preisausschreiben, da der Zug zu dieser Zeit nicht sonderlich gut gebucht war, was aber aus Petras Sicht durchaus seinen Reiz hatte.

Irgendwann ertönte die Durchsage, dass der Zug in zehn Minuten das Ospizio Bernina erreiche, das direkt am Ufer des Lago Bianco, des weißen Sees, lag. Direkt davor käme aber erst noch der kleine Lej Nair, der schwarze See, der wie ein dunkles Auge dem Himmel entgegenblickte. Die Stimme aus den Lautsprechern wies die Passagiere darauf hin, dass die Seen sich in Fahrtrichtung rechts befänden und dass nebst den unterschiedlichen Farben der beiden Gewässer das Besondere sei, dass deren Abflüsse in unterschiedliche Meere flössen. Die Stimme verkündete dies so gut gelaunt, als führen sie allesamt via Gipfel direkt in den Himmel. Der Zug ratterte derweil weiter durch die hoch gelegenen Weiden. Ein in die Länge gestreckter, schlichter Bau aus Naturstein tauchte mitten in der Weidelandschaft auf. Das muss eine Alp sein, dachte Petra und stand auf, denn ihre Blase drückte.

Erst ging sie in Fahrtrichtung durch das gesamte Abteil der ersten Klasse, vorbei an den Japanerinnen, den Schwäbinnen und den anderen Gästen in den Vorraum des Wagens, doch die Toilette war besetzt. Als sie vor der verschlossenen Tür stand, bemerkte sie, dass sie zuvor so in Gedanken versunken gewesen war, dass sie ihr goldenes Handy auf der Ablage vor dem Fenster vergessen hatte.

Einige Minuten später:

Petra verließ angesäuert das Abteil der ersten Klasse, diesmal entgegen der Fahrtrichtung. Sie war noch nicht auf dem WC gewesen, und nun eilte es. Direkt hinter ihrem Sitzplatz, hinter der automatischen Schiebetür, befand sich im Zwischenraum zum Abteil der zweiten Klasse ein weiteres WC.

Der Zug ruckelte, als sie an die Tür trat und diese nach innen aufschob. Dabei überkam sie ein unangenehmes Gefühl wie eine Gänsehaut. Sie wollte sich gerade umdrehen, als ihr jemand den Hals zuschnürte und sie durch die offene Tür in das WC schob. Der Druck um ihren Hals war so brachial, dass sie keinen Mucks mehr von sich geben konnte, nicht mal ein Gurgeln. Gesteuert von reinem Überlebenswillen versuchten ihre bunt lackierten Nägel, den Angreifer hinter ihr zu krallen, als Petras Sinne bereits schwanden. Die WC-Tür ging hinter ihr zu. Mit der Stirn an den oberen, nicht milchigen Teil des schmalen Fensters gepresst, sah Petra, wie die wilde Berglandschaft sich zusehends verdunkelte wie bei einer Sonnenfinsternis. Auf einem Wanderweg erkannte sie verschwommen eine Familie beim Wandern. Der Bub warf dem Hund einen Stock und rannte dem Tier sofort hinterher. Petra dachte: Der Hund jagt den Stock, der Bub den Hund. Denken war das falsche Wort, es war eher ein neutrales Erkennen der Situation. Petra öffnete und schloss ihren Mund wie ein Karpfen an Land, während die Kraft aus ihren Armen schwand. Der Schrecken stand in ihren weit aufgerissenen Augen, die aussahen, als wollten sie aus den Höhlen entfliehen. Der Zug fuhr eine lang gezogene Kurve, überholte die wandernde Familie. In diesem Moment blickte der Junge durchs Fenster zu Petra. Die Sonne traf in der Rechtskurve das Fenster und erhellte ihr entstelltes Gesicht. Wie in Zeitlupe sah Petra, wie der Junge stehen blieb, sie mit offenem Mund anstarrte, bevor er eine Grimasse schnitt, weil er wohl dachte, dass sie scherze.

Die Familie verschwand aus ihrem Blickfeld. Petras Panik steigerte sich ins Unermessliche, ehe ihr Körper plötzlich wunderbar leicht wurde, worauf sich ihre Angst in befreiende Gleichgültigkeit transformierte. Jetzt wird alles gut, fühlte sie mit beglückender Gewissheit. Ach, so fühlt sich Sterben an?, dachte sie, oder war sie bereits der Gedanke selbst? Und davor hatten die Menschen solch schreckliche Angst – vor dem Sterben, dieser Befreiung aller Fesseln?, ging es ihr durch den Kopf.

Der feuerrote Bernina Express zog gemächlich an einer Herde weidender Kühe vorbei, der heisere Pfiff der Lokomotive schallte durch die Berge und verstummte wieder. Petra hörte noch das Glockengeschell der grasenden Tiere, während die Szenerie vor ihren Augen langsam dunkler wurde. Da verstand sie wie im Halbschlaf schwebend, wer sie soeben umbrachte. Sie war in die Falle getappt! Doch mit dieser Erleichterung im Tod, damit hatte sie nicht gerechnet, denn sie hatte gehofft, das Grauen rechtzeitig aufgehalten zu haben – ein tödlicher Irrtum, wie ihr nun klar wurde. Sie hätte es wissen müssen: Vertrauen ist ein sehr gefährliches Gut, weil es nicht auf Verstand beruht.

Der Zug erreichte den Lej Nair, den schwarzen See. Die Dämmerung des Todes floss hinüber in die längste Nacht, das Bimmeln der Glocken und Schellen verwandelte sich in das unheilige Geläut schwarzer Kirchen, und Petra Schmitz verschwand im lichtlosen Auge der

Ewigkeit mit einem allerletzten Gedanken: Sie, die Unscheinbare mit den bunten Fingernägeln, würde zwar hier und jetzt sterben, doch ihre Gegner hatten sie zweifellos unterschätzt – in achtundvierzig Stunden würde das Gericht über sie alle kommen. Der Countdown würde beginnen, sobald ihr Herz aufhörte zu schlagen, dafür hatte sie gesorgt!

Keine zwei Minuten später ertönte der Schrei der neunundvierzigjährigen Sr. Klara. Die Nonne hatte gar nicht gewusst, dass sie so ohrenbetäubend schreien konnte, doch ihr Schrei barg die furchtbare Botschaft des abgrundtief Bösen und ließ die Reisenden der angrenzenden Panoramawagen unverzüglich herbeieilen. Nur die schmächtige Japanerin, die zwischen der Nonne und der halb nach innen aufgestoßenen WC-Tür stand, schien den Schrei nicht zu hören. Wie in Trance verharrte die junge Frau bewegungslos und starrte auf die Tote zu ihren Füßen.

Petra Schmitz lag verdreht auf dem Boden des Zug-WCs, das Gesicht der Tür zugewandt. Ihre Augen zeugten vom Verbrechen und blickten ins Leere, während neugierige Passagiere die Hälse reckten und sich die Hände vor den Mund hielten.

»Ich bin Arzt«, sagte ein grauhaariger Mann mit österreichischem Dialekt und drängte sich zwischen den Passagieren hindurch, die sich im kleinen Vorraum gegenseitig auf die Füße traten. Der Mann war bestimmt schon etliche Jahre Pensionär. Er schob die erstarrte Japanerin etwas zur Seite, ehe er sich vor der Leiche hinkniete. Er schüttelte nach wenigen Handgriffen und Blicken den Kopf. »Die junge Frau ist mausetot, sie wurde offensichtlich erwürgt!« Dann wandte er sein Gesicht zu der Schar über ihm und sagte in die Totenstille des Vorraums hinein: »Sie ist gerade erst gestorben, ihr Mörder muss demnach noch unter uns sein!«

Sichtbares Entsetzen erfasste das kunterbunte Grüppchen, während sich der alte Doktor schwerfällig erhob.

»Uf Zita!«, rief der Zugbegleiter, der hinzueilte, auf Schweizerdeutsch und wedelte die Leute beiseite. Der Fünfzigjährige trug einen schwarzen Anzug und eine rot-schwarze, diagonal gestreifte Krawatte über seinem weißen Hemd. Sein Namensschild hing etwas schief an seiner Brusttasche. In seinem gebräunten Gesicht saß ein gut getrimmter grau melierter Schnauz.

Kaum hatte der Zugbegleiter vom Arzt erfahren, was dieser eben festgestellt hatte, machte er zwei Schritte nach rechts, scheuchte dabei die eng gedrängte Schar beiseite und trat neben die geschlossene Zustiegtür vor die in der Wand eingebrachte Notsprechanlage. Er zückte sichtlich aufgewühlt einen Schlüssel vom Bund und drehte ihn neben dem roten SOS-Buzzer im Schloss, um eine direkte Sprechverbindung zur Lokomotive freizuschalten, denn den Triebzug, die beiden Loks mit dem Passagierwagen in deren Mitte, konnte man durch die angehängten sechs Panoramawagen während der Fahrt nicht betreten.

Die erfahrene Lokomotivführerin Martina Cavelty, die diese Strecke im Schlaf hätte abfahren können, schob ihre Sonnenbrille in ihr kurzes schwarzes Haar, als sie plötzlich die Stimme des Zugbegleiters über die Notsprechanlage vernahm.

Kurz darauf ertönte ihre klare Stimme auf seiner Seite aus dem Lautsprecher: »Mord sagst du? Bist du dir da ganz sicher?«

Der Angesprochene nickte aufgeregt, als könnte sie es sehen, und wiederholte, dass ein Arzt soeben den Tod der Frau festgestellt habe und die Strangulierungsmerkmale am Opfer obendrein so fürchterlich aussähen, dass ein jeder das Grauen erkenne, auch er als Laie.

Cavelty funkte den Fahrdienstleiter in der Betriebszentrale im weit entfernten Landquart an, rapportierte das schier Unfassbare und bat um Anweisungen zum weiteren Vorgehen, denn wie sie trocken feststellte: »Wir haben einen Mörder im Bernina Express!«

2

Wer die vierzigjährige Corina Costa nicht von Berufs wegen kannte, würde bei ihrem Erscheinungsbild nie im Leben glauben, dass sie schon seit jeher ein untrügliches Gespür fürs Verbrechen hatte, sondern sie wohl eher für eine erdverbundene Bergbäuerin halten – was aber genauso richtig war. Corina hatte in den letzten Jahren als Kriminalbeamtin der Graubündner Kantonspolizei, Abteilung Alpinpolizei Engadin, schon die verzwicktesten Fälle gelöst, unschöne Verbrechen aufgedeckt, dem Bösen unerschrocken ins Auge geblickt und dabei dennoch nie das Vertrauen in das Gute in den Menschen verloren.

Wenn die Engadinerin sprach, dann stets ruhig und in einer freundlichen Gelassenheit, als müsste sie die Worte erst aus einem persönlichen Wörterbuch erwählen. Doch berüchtigt war sie für ihr Schweigen. Bei Verhören entlockte sie den Leuten die erstaunlichsten Aussagen, indem sie sie bloß anblickte und beharrlich schwieg, bis sich das Schweigen aufbäumte und kaum mehr auszuhalten war. Auch anhand ihres Gesichtsausdruckes war in solchen Momenten nie zu erkennen, was sie gerade dachte, noch weniger, was sie fühlte. Nicht selten redete sich deshalb ein Verdächtiger im Laufe eines solchen Verhörs um Kopf und Kragen, verstrickte sich in Widersprüche, gab verfängliche Antworten, ohne dass sie danach fragen musste. Corina beherrschte diese Taktik wie niemand sonst.

Der Dienstagmorgen des 21. Juni hatte für Corina Costa geruhsam begonnen – so wie jeder Morgen, ob sie nun in den Dienst musste oder wie heute frei hatte. Dieser Dienstag war aber ein außergewöhnlicher Tag, denn es war der Tag der Sommersonnenwende, der längste und für Corina auch der wichtigste Tag des Jahres.

Unabhängig vom Datum mochte Corina das Erwachen eines jeden neuen Tages in ihrer geliebten Bergheimat: das erste sanfte Licht im Engadin, welches zaghaft aus der Nacht über den mächtigen Berggipfeln auftauchte, als käme es aus einer anderen Welt, dann zögerlich höher stieg, als wollte es nur vorsichtig ins schlafende Tal kommen und damit auch zu Corinas kleinem Hof.

Im Gegensatz zu den massiv gebauten Engadiner Häusern mit den dicken Steinmauern, massigen Fenstersimsen, den Erkern und den Sgraffiti, den aufgemalten Sprüchen an den Fassaden, war Corinas Zuhause aus massivem Lärchenholz gezimmert und bereits über dreihundert Jahre alt. Es stand einsam hoch über dem Dorf Pontresina inmitten einer stotzigen Alpweide und war bergseitig von drei Lärchen behütet.

Corina mochte die Geräusche, die ihr Haus jeden Morgen beim Erwachen machte. Im Sommer waren es nicht dieselben wie im Winter, wenn in der starren Kälte von minus zwanzig Grad und kälter der schwere grüne Kachelofen Wärme im Haus verströmte und das Holz der Wände dabei schwer ächzte. Im Sommer waren die Geräusche heller, sanfter, auch die der Lärchen hinter dem Haus, in deren Zweigen die Vögel munter ihr Morgenlied zwitscherten.

An diesem Dienstag war es kurz nach halb sechs Uhr, als unter Corinas nackten Füßen die Holzdielen knarzten. Am lautesten war die Holztreppe, die steil in den unteren Stock führte, wo es drei Räume gab: Küche, Stube und die kleine Vorratskammer, in der Herr Mäuserich mit seiner Familie wohnte. Der Erdkeller war neben dem Haus in den Hang gegraben und mit einer dicken Tür aus Eichenholz verschlossen.

Wenige Minuten nach dem Aufstehen stocherte Corina mit dem Schürhaken in der Asche im gusseisernen Herd herum, legte Späne ein und entfachte ein Feuer, dann setzte sie den Wasserkessel auf. Sie hatte in der vergangenen Nacht kaum geschlafen, denn sie hatte wie immer den Anbruch des längsten Tages im Jahr kaum erwarten können.

Der Wasserkessel pfiff kurze Zeit später. Mit der frisch gebrühten, übergroßen Tasse Kaffee setzte sich Corina draußen auf die Veranda, als die Kirche weiter unten im Dorf sechs Uhr schlug. Die Sonne stieg hinter Corina über dem Piz Languard auf, während die Berge vor ihr, der Piz Nair und der Piz Surlej, bereits eine Zipfelmütze aus Sonnenschein trugen. Es duftete nach Sommer, und Corina war noch angenehm schläfrig. Gestern Nacht war es spät geworden: Nachdem sie bis in die lauwarme Nacht hinein auf der Veranda, in den Schaukelstuhl gekuschelt, gelesen hatte, trieb es sie nach dreiundzwanzig Uhr zum kleinen Hühnerstall. Sie wollte sich vergewissern, dass alle ihre Hennen drin waren, denn der Fuchs hatte sich eine Woche zuvor drei von ihnen geholt. Das

Loch im Zaun hatte sie umgehend repariert, denn ihre Hühner waren ihr wichtig, und sie sagte sowieso all ihren Tieren, wenn immer möglich, Gute Nacht.

Mit einer alten Petroleumlampe in der Hand blickte sie letzte Nacht in den kleinen Stall. Die Hühner hockten in der Dunkelheit auf ihren Stangen und schliefen, auch der stolze Hahn, der jeden Morgen so laut krähte, als müsste er die ganze Welt von sich überzeugen. Corina warf danach noch einen Blick in den Geißenstall. Auch in diesem fühlte sie diese nächtliche Ruhe der Tiere, leise erklang eines der Glöcklein. Zu guter Letzt ging sie am Bau ihres zahmen Murmeltiers Fred vorbei, den er vor ihrem Haus in der umzäunten Weide gegraben hatte.

Sie hatte ihn vor vier Jahren auf einer Bergtour verletzt vorgefunden. Der arme Kerl lag zitternd im ruppigen Frühlingswind zwischen Schneefeldern im braunen Gras. Corina hatte sofort erkannt, dass es ein Jungtier war. Wahrscheinlich hatte der Evla, der Steinadler, ihn nicht richtig erwischt. Der kleine Murmeli-Junge pfiff ängstlich, als sie ihn liebevoll in ihren Rucksack steckte, nachdem sie diesen dafür leer geräumt hatte. Dann blieb er still, weil die Dunkelheit im weichen Rucksack ihn bestimmt an seine Höhle erinnerte. Den Sommer über hatte sie ihn bei sich zu Hause gesund gepflegt. Bald bewegte er sich frei rund ums Haus oder hockte mit ihr auf der Veranda, und bevor der Winter kam, grub er sich einen Bau vor dem Haus, sammelte Heu und kam erst im Frühling wieder hervor, nachdem die milde Frühlingssonne den Schnee vertrieben hatte. Seither waren sie Freunde. Er schlief sogar öfters im Haus, auf dem großen Sessel neben Corinas Bett.

Corina war letzte Nacht vor Freds Bau getreten und hatte auch ihm eine gute Nacht gewünscht. Danach ging sie die fünfzig Meter zum Haus hoch, zurück auf die Veranda. Dort stellte sie die Petroleumlampe auf den kleinen Tisch neben dem Schaukelstuhl, auf dem noch ihr Buch lag. Doch sie mochte nicht mehr weiterlesen. Die Vorfreude auf die Sommersonnenwende trieb sie dazu, noch aufzubleiben und barfuß unter dem Sternenhimmel durch die Weide den Berg hochzugehen.

Corina folgte dem Gelände durch den Lärchenwald bis über die Waldgrenze. Der sanfte Wind, der sie aus der Dunkelheit kommend umschmeichelte, führte sie mit seinem Sommerduft immer höher. Sie erfreute sich an der Stille der Bergwelt und dem weichen Boden unter ihren nackten Füßen. Der Mond war noch nicht aufgegangen, doch ihre Augen hatten sich längst an die samtene Dunkelheit gewöhnt, Himmel und Berge hoben sich voneinander ab, ebenso der Lärchenwald unter ihr und die Felsen in der Alpweide über ihr. Angst machte ihr das Alleinsein in den Nächten nie, es war ja keine Düsternis, die sie umgab, sondern Mutter Erde.

Es war nach Mitternacht, und der 21. Juni hatte endlich begonnen, als sie leise das Geheul der Wölfe vernahm. Es wurde vom Wind von einer Bergflanke über ihr heruntergetragen. Corina legte sich auf den Rücken ins Gras der Bergweide und schloss die Augen. Das Heulen schwoll in langgezogenen Wellen an und ab, verstummte und erhob sich erneut aus der Einsamkeit der Anhöhen. Sie stellte sich den Leitwolf vor: In ihren Gedanken stand das Raubtier hoch über einem Abgrund auf einer Kuppe, hinter ihm sein Rudel.

Corina wusste, auch wenn sie meist nur wenige der nachtaktiven Tiere zu Gesicht bekam, so waren sie doch immer da. Sie unterteilte die Tierwelt nicht in Gut und Böse, denn müsste ein Reh zum Überleben wie ein Wolf Fleisch fressen, dann würde es auch töten. Alle Tiere lebten so, wie es ihnen vom Schöpfer aufgetragen wurde. Das einzige Lebewesen, das aus freiem Willen schauderhaft böse sein konnte, das war und blieb der Mensch. Deshalb erfreute sie sich an einem Steinbock, an einem Bartgeier und an einem Murmeltier genauso wie an einem Wolf, Fuchs oder Bären.

Der mit Sternen übersäte Nachthimmel verblasste etwas, als die Kuppe des hellen Mondes hinter ihr über dem Piz Vadret hochstieg und anwuchs, bis er mit seinem silbrigen Glanz die Landschaft übergoss. Corina hatte sich mittlerweile aufgesetzt, der Nachtwind fuhr in Schüben durch ihre schwarzen Locken, während sie ihren Blick über das Engadin schweben ließ, als wären ihre Augen die eines stolzen Bergadlers. Das mächtige Massiv der Berninagruppe hob sich dabei dank des ewigen Schnees heller im Mondlicht ab. Sie erkannte davor den langen Talschnitt des Val Roseg mit dem Gletschersee, dann blickte sie Richtung St. Moritz.

Corina liebte diese Einsamkeit, denn Einsamkeit, das wusste sie, hatte nichts mit Sich-einsam-Fühlen zu tun, sonst wären nicht so viele Menschen in den überfüllten Städten einsam. Nähe entstand nicht durch Masse, sondern durch Beziehung, da war sie sich sicher. Sie lebte gerne allein auf ihrem Hof, mit dem kleinen Holzhaus und dem alten Stall daneben, und falls sich jemand getraut hätte, sie nach dem »fehlenden« Mann in ihrem Leben zu fragen, hätte derjenige zu hören bekommen, dass sie bisher mit jedem Mann bloß über Probleme sprechen musste, die sie ohne ihn nicht gehabt hätte. Der Richtige, falls es ihn denn gab, sei ihr also noch nicht begegnet.

In dieser Nacht, die Corina in die Sommersonnenwende führte und in der schwach die Lichter im Tal zu ihren Füßen waberten, fand sie noch tiefer in diese zeitlose Einkehr mit der Bergwelt. Sie wurde dabei auch ein wenig traurig, denn die meisten Menschen hatten doch längst verlernt so zu leben, im tiefen Wissen, dass sie ein Teil vom großen Ganzen waren und zu Mutter Erde Sorge tragen sollten.

Erst um kurz vor vier Uhr morgens hatte sich Corina zu Hause schlafen gelegt und war kurz vor halb sechs Uhr wieder aufgestanden. Deshalb war der frisch gemahlene Kaffee an diesem Morgen stärker geraten als sonst, und vielleicht saß sie auch deshalb länger in ihrem bequemen Schaukelstuhl und erwachte auf ihrer Veranda gemeinsam mit dem Tag. Dabei hörte sie dem Gegacker ihrer Hühner zu, die sie allesamt Giallina nannte, was in ihrer Muttersprache, dem Romanischen, Huhn bedeutete.

Während Corina in ihrem Schaukelstuhl saß, schmiegte sich ihre pechschwarze Katze an ihre Beine. Auch sie trug keinen Namen, hieß schlicht Giatta, was Katze bedeutete. Corina trug eine ausgewaschene Jeans und ein schlichtes Shirt. Sie hielt nichts von Modetrends und zog immer nur das an, was ihr gefiel, und das war ausnahmslos abgetragene Kleidung, die einfach geschnitten war, am liebsten Stücke, die sie schon lange besaß oder die sie in Secondhandläden gekauft hatte. Noch nie in ihrem

Leben hatte Corina sich geschminkt oder sich die Augenbrauen gezupft. Sogar die schwarzen Locken schnitt sie sich selber. Bewusst trug sie ihr Haar auf der linken Seite länger als auf der rechten und die Stirnfransen schief, so wie es ihre Mutter Rainbow, die lebenslang ein Hippie gewesen war und bei der sie ohne Vater aufgewachsen war, ihr vorgelebt hatte.

Giatta flattierte unentwegt um den Schaukelstuhl, ehe sie Corina auf den Schoß hüpfte, sodass diese ihre Kaffeetasse für einen Moment lachend jonglieren musste. Dann schmiegte sich das liebe Tier an sie und schnurrte, während Corina den Schaukelstuhl wippen ließ. Die Sonnenstrahlen krochen derweil weiter die westlichen Bergflanken hinunter. Aus dem Talschlitz des Val Roseg schimmerte das goldige Licht, die Täler erwachten, während Corina eindöste. Ihre Tasse hatte sie neben sich auf den Holzboden gestellt.

Das leise Scheppern des Briefkastens weckte Corina. Dem Sonnenstand nach zu urteilen war es bestimmt schon nach zehn Uhr.

»Das ist mir an einem solch besonderen Tag ja noch nie passiert«, schimpfte sie lachend und setzte Giatta auf den Boden, ehe sie aufstand. Corina rieb sich das Gesicht und streckte sich, dabei sah sie gerade noch das gelbe Auto des Pöstlers die schmale Naturstraße nach Pontresina hinunterfahren. Ihre Post bekam Corina nur an schneefreien Tagen bis zu ihrem kleinen Hof zugestellt. Im Winter lag hier oben nämlich gehörig Schnee, und der Weg konnte nicht geräumt werden, was ihr nur recht war. Sie fuhr dann auf ihren Skiern hinunter ins Dorf, um den Dienst anzutreten, und zog am Abend die

Felle über die alten Bretter, um den Berg wieder hochzusteigen.

Corina verließ mit einem Schmunzeln auf den Lippen das Haus, das sie nur kurz betreten hatte, um eine Schale Körner für die Giallinas und etwas hartes Brot für die Ziegen zu holen. Noch immer barfuß lief sie über die Weide, die ihren Hof großzügig umschloss und mit einem stabilen Lattenzaun aus Holz umfasst war, der ihre Tiere bisher gut vor dem Wolf geschützt hatte. Die Geißen kamen munter auf sie zugelaufen, sahen das harte Brot, das sie mitbrachte. Sie begrüßte die stürmischen Tiere und verteilte das Brot. Warm spürte Corina die aufsteigende Sonne auf ihrer gebräunten Haut, während sie zuschaute, wie die Tiere geräuschvoll und nicht minder genüsslich das harte Brot zerkauten. Sie rückte dabei ihr Kopftuch zurecht, ein rotes mit weißen Edelweißmotiven, das sie meist trug, wenn sie zu Hause oder in den Bergen unterwegs war. Die Giallinas staksten weiter unten im Grün, scharrten und kamen auf sie zugelaufen, kaum sahen sie Corina in ihre Richtung kommen. Corina streute die Körner, bevor sie die Gelege absuchte. Dankbar trug sie die großen weißen und braunen Eier ins Haus, den Briefkasten zu leeren, vergaß sie einmal mehr.

Zum verspäteten Frühstück briet sie sich etwas Rösti und zwei Spiegeleier. Sie deckte draußen unter der großen Arve um kurz vor halb elf Uhr den Holztisch, auf den sie auch eine Vase mit ein paar Wildblumen stellte. Schon während des Kochens trank sie ein großzügiges Glas Rotwein, denn heute war ihr besonderer Tag. Sie freute sich darauf, am Nachmittag zu einer ausgedehnten Wanderung aufzubrechen und am Abend unter freiem Himmel einzuschlafen. Mit dabei wäre Fred, das Murmeltier.

Während sie mit der Brotrinde den Teller sauber auswischte, schrillte im Haus ihr altes Telefon. Es war ein bleischwerer schwarzer Apparat aus den Fünfzigern, der noch über eine Wählscheibe verfügte und deswegen nur Anrufe empfangen, keine mehr tätigen konnte. Corina besaß zwar auch ein Handy, ein dienstliches, doch sie vergaß meist, den Akku aufzuladen, und so lag der »Quälgeist«, wie sie es nannte, einmal mehr irgendwo im Haus, und das mit leerem Akku.

Gemächlich erhob sie sich, während das rhythmische Läuten des Telefons durchs offene Küchenfenster in den Sommertag drang. Das Fenster stand trotz der Junihitze sperrangelweit offen, denn sie hatte nach dem Schöpfen die Pfanne mit Rösti auf dem Herd stehen gelassen, und noch war nicht aller Qualm nach draußen verjagt worden. Die alte gusseiserne Pfanne würde es ihr auch dieses Mal verzeihen. Es war nämlich eine gute, die ihr ihre Mutter vererbt hatte, eine Pfanne von der Sorte, die man heutzutage nirgends mehr findet.

Corina betrat ohne Hast das Haus, der Apparat schellte ebenso geduldig weiter, als wüssten die beiden längst um die Marotten des anderen. Corina erkannte: Derjenige, der am anderen Ende der Leitung war, musste sie A gut kennen oder B von der Dringlichkeit seines Anliegens restlos überzeugt sein, sonst hätte er längst aufgelegt.

»Allegra«, sagte Corina mit ihrer freundlichen, warmen Stimme in den schweren Hörer und blickte zum Küchenfenster hinaus auf ihre Tiere auf der Weide unter ihr. Mit Freude sah sie Fred auf einem der großen Steine hocken und sich sonnen.

Am anderen Ende der Leitung war die Einsatzzentrale der Kantonspolizei Graubünden, Kommando Chur. Cla Bernasconi, der Dienstchef war persönlich dran.

»Bun di, Corina«, wünschte er ihr auf Romanisch einen guten Tag. »Entschuldige bitte die Störung, doch wir suchen dich dringend. Dein Diensthandy ist leider aus … wieder mal.« In seiner Stimme lag ein leiser Vorwurf.

»Bun di, Cla. Jetzt bin ich ja am Telefon. Du weißt doch, ich arbeite nur zwei Tage in der Woche, sonst bin ich Bergbäuerin, außer ein dringender Fall ruft«, antwortete Corina gleichbleibend freundlich, denn sie ließ sich nicht so schnell von äußeren Umständen beeinflussen.

»Ich weiß, ich weiß, aber wir haben einen außergewöhnlichen Fall, der bedauerlicherweise keine Rücksicht zulässt …« Bernasconi wusste, dass Corina nun die Ohren spitzen würde, auch wenn sie nichts dazu sagte. Er fuhr fort: »Die Lokführerin des Bernina Express meldete soeben, dass ein Mord im Zug geschehen sei, während der Fahrt zum Ospizio Bernina. Eine junge Frau sei erwürgt worden, die Täterschaft müsse sich noch im Zug befinden, der wiederum befinde sich auf der Fahrt hinunter zur Alp Grüm.«

»Hat jemand den Mord im Zug beobachtet, dass man sich des Tatzeitpunkts so sicher ist? Der Täter könnte ja schon längst ausgestiegen sein.«

»Direkte Zeugen gibt es nicht, aber gemäß einer ersten Zeugenaussage, von einer Nonne übrigens, lebte das

Opfer kurz vor dem Hospiz noch, das soeben passiert wurde. Da die Lokführerin die Meldung vom Zugbegleiter noch vor dem Bahnhof Ospizio Bernina erreicht hatte, hielt sie dort nicht und fährt seither im Schneckentempo weiter. Ich habe die Lokführerin auf dem Polizeifunk, sie kann es dir erklären. Wie du weißt, verfügt dafür jeder Lokführerstand über ein entsprechendes Gerät.«

»Braucht es nicht. Der Zug soll nirgends anhalten und langsam weiterfahren, ich muss kurz überlegen.«

»Verstanden.«

Corina wartete ab, bis Bernasconi ihre Anweisung per Funk an die Lokführerin weitergegeben hatte, ehe sie fragte: »Der Zug fährt nun Richtung Alp Grüm, richtig?« Sie blickte, da der Telefonapparat in der Küche direkt neben dem Esstisch an der Wand hing, auf die Pfanne mit der angebrannten Rösti. Mit der rechten Hand nahm sie die Abwaschbürste in die Hand und begann mit kreisenden Bewegungen die angebrannte Pampe aufzuweichen.

»Genau, hinunter zur Alp Grüm. Corina, freier Tag hin oder her, wir müssen dich schnellstmöglich in den Zug bringen. Ein Heli wird dich in den nächsten Minuten zu Hause abholen, an Bord wird ein Polizeigrenadier des Spezialkommandos Enzian sein, damit ihr zu zweit seid, bis klar ist, was dort oben los ist. Wir wissen ja noch rein gar nichts über die Täterschaft, auch nicht, ob sie bewaffnet ist und ob die sonst noch was vorhat.«

»Den Heli mögen weder meine Geißen noch meine Giallinas noch mein Murmeltier.«

»Wie bitte?« Der Dienstchef schien nicht zu verstehen.

»Den verreckten Krach, den die Maschine macht,

wenn sie hier landen würde, meine Tiere, die mögen das nicht. Ich laufe daher lieber die Weide hinunter. Der Pilot sieht mich dann schon. Und noch was …«, sie überlegte kurz, dabei hörte sie durch den alten Telefonhörer im Hintergrund den Polizeifunk rauschen und die helle Stimme der Lokführerin, die ihr irgendwie bekannt vorkam, »sag bitte der Lokführerin, dass wir irgendwo in der Abgeschiedenheit vor der Alp Grüm landen. Ich werde dann zuerst bei ihr in den Lokführerstand zusteigen. Sie soll auf jeden Fall alle Türen geschlossen halten. So, und nun mache ich mich bereit.« Wieder rauschte der Funkverkehr.

Corina füllte die Tränke der Geißen und die der Hühner im Stall mit frischem Wasser. Die Tiere konnten ja jederzeit in ihre Behausungen. Fred kam auf sie zu und gab einen heiteren Pfiff von sich, als sie zum Haus zurücklief. Sie beugte sich zu ihm hinab und streichelte sein von der Sonne gewärmtes Fell, als wäre er eine große, fette Katze. Der stabile Holzzaun um ihr Haus und die Weide würden Wolf und Fuchs bestimmt abhalten, und die Katze konnte gut auf sich selbst aufpassen, beruhigte sich Corina. Aber Fred tat ihr ein wenig leid, denn er hätte mit ihr am Nachmittag auf den Berg kommen dürfen. Gemeinsam hätten sie hoch oben den Tag verbracht, bis die letzten Sonnenstrahlen alles in ein weiches Licht tauchten und die Felswände mit einem letzten Orange das Ende der Sommersonnenwende ankündigten. Fred tollte auf solchen Ausflügen immer in ihrer Nähe herum. Ihr schien es, als wüsste er, dass er mal dort oben zu Hause gewesen war.

Corina zog ein mattgrünes Shirt an, bei dem auf dem Rücken und über der linken Brust je die Aufschrift POLICE als Klettzeichen haftete, schnallte sich das Waffenhalfter um die Hüfte, kontrollierte ihre Glock und verstaute den Taser links im Gurt. Sonst nahm sie nichts mit für diesen Einsatz, denn in so einem Zug gab's bestimmt mehr als genug Essen und Trinken. Nicht mal ihre Jacke nahm sie mit, auch wenn das Wetter in den Bergen auf über zweitausend Metern unberechenbar war. Die gestrige Wetterprognose im Radio hatte einen Sommertag wie aus dem Bilderbuch angekündigt.

Mit einem letzten Blick auf ihren kleinen Hof marschierte sie mit Schuhen an den Füßen durch die Weide hinunter Richtung Pontresina. Beinahe hätte sie den Polizeifunk vergessen, doch der kam ihr gerade noch rechtzeitig in den Sinn.

Bald hörte sie von Weitem das anschwellende Klopfen der Helikopterrotoren. Der blau-weiße Polizeihubschrauber näherte sich wie ein lärmendes Rieseninsekt und blieb einen Meter über der abschüssigen Weide schweben, sodass Corina zusteigen konnte. Ihr gekraustes schulterlanges Haar wurde vom Abwind noch mehr zerzaust.

Corina nahm neben dem Piloten Platz, setzte sich den Kopfhörer auf und richtete das Mikrophon vor ihrem Mund aus, während der Heli bereits abdrehte.

Der Pilot war ein alter Bekannter von ihr, mit dem sie schon mehrmals in einer Gruppe gemeinsam bergsteigen war und der, wie sie auch, an freien Tagen ehrenamtlich in der Bergrettung arbeitete. Corina begrüßte ihn mit »Allegra«, ihre kräftigen Augenbrauen hoben sich dabei, ehe ihre Mimik zu ihrer gewohnt gelassenen Grundfreundlichkeit zurückfand. Den Beamten der Sondereinheit Enzian, der auf der Rückbank saß, kannte Corina nicht. Er war ein kräftiger Kerl in Zivil mit einem perfekt getrimmten Schnauz, als hätte die Maschine ihn soeben aus den Achtzigern hergeflogen. Er wirkte angespannt. Sein Name war Werner Platz, und seine kräftige Erscheinung war zweifellos imposant und würde jeden normaldenkenden Menschen davon abhalten, ihn anzugreifen. Mit seiner sonoren Stimme meinte Platz nach kurzem Händeschütteln: »Sieht nach einem Beziehungsdelikt aus, oder jemand ist im Zug durchgedreht, vielleicht ein Geisteskranker. Wir werden sehen.«

Corina sagte nichts, drehte sich wieder zurück und blickte aus dem Cockpit.

Der Pilot folgte in Fluglinie der Trasse des Bernina Express. Im Eiltempo erreichten sie nach wenigen Flugminuten die Passhöhe – der kleine Lej Nair blickte sie wie ein geheimnisvolles Auge an, während der viel größere Lago Bianco daneben unter ihnen glitzerte, als wäre er mit Abertausenden kleinen Bergkristallen gefüllt. Da entdeckten sie in der Ferne den feuerroten Zug, der sich im Schneckentempo hinunter zur Alp Grüm schlängelte.

Da war dieser blaue Sommerhimmel, das erstarrte steinerne Gipfelmeer der Engadiner Berge, die Seen und die Gletscher, die der Wärme zu trotzen versuchten, und Corinas Blick wanderte weit hinunter Richtung Italien, nach Tirano, dorthin, wo schon Palmen wuchsen und wo die Fahrt des Bernina Express enden sollte.

Während Corina überlegte und nach unten spähte, bemerkte sie, dass es dem Beamten der Spezialeinheit Enzian nicht gut ging. Er verlangte sogleich eine Tüte, die ihm vom Piloten nach hinten gereicht wurde. Gerade noch rechtzeitig, wie sich zeigte. Corina staunte, wie viel in so einem großen Kerl steckte.

Der Heli überflog derweil unterhalb des Stausees den Zug in geringer Höhe und setzte in zweihundert Metern Entfernung neben der Trasse in einer Alpweide auf. Hastig verließ Platz die Maschine, stolperte abseits und erbrach sich auf allen vieren, dass es wirklich nicht schön mitanzusehen war.

Im Abwind der Rotoren stieg Corina gebeugt hinter ihm aus und entfernte sich rasch vom Helikopter, während der Zug langsam heranrollte und mit quietschenden Bremsen kurz vor ihr zum Stehen kam.

Werner Platz klagte währenddessen über heftigen Schwindel und Übelkeit. So etwas sei ihm im Leben noch nie widerfahren, sagte er sichtlich mitgenommen. Seine Pupillen tanzten dabei hektisch hin und her, als müssten sie etwas ausweichen. So war Corinas Schützenhilfe definitiv nicht einsatzfähig. Deshalb entschied sie, der Heli solle ihn auf dem Rückflug nach Samedan ins dortige Spital fliegen und anschließend Verstärkung herbringen. Bis dahin würde sie auf eigene Faust ermitteln, die Zeit drängte, denn sie durften die Passagiere nicht länger sich selbst überlassen.

Dass Corina nun auf sich allein gestellt war, machte ihr weder Angst noch Freude. Sie würde ja nicht allein im Zug sein, außerdem war sie bewaffnet und eine ausgezeichnete Schützin. Falls der Mörder plötzlich durchdrehen sollte, würde sie diesen mit dem Taser außer Gefecht setzen – und im äußersten Notfall hatte sie ihre Glock mit sechzehn Schuss griffbereit. Wie jede Polizistin hatte auch Corina damals, als sie ihre Waffe entgegennahm, inständig gehofft, diese nie im Einsatz auf einen Menschen abfeuern zu müssen. Ein Wunsch, der leider nicht in Erfüllung gegangen war: Einmal hatte sie bisher schießen müssen und dabei in Notwehr einen Angreifer schwer verletzt. Das war vor zwei Jahren gewesen. Doch damals, als sie ihr Leben und das ihres Kollegen schützen musste, da hatte sie ohne eine Sekunde zu zögern geschossen und würde es heute wieder tun. Schnell seien ihre Bewegungen gewesen und zielsicher obendrein, hielt der Untersuchungsbericht damals fest.

Corina stand nun allein und sichtbar bewaffnet in der Sonne vor der roten Lokomotive, als fordere sie diese zu einem Duell. In der linken Hand hielt sie ihr Funkgerät, mit dem sie mit der Einsatzzentrale der Kantonspolizei in Chur verbunden war, denn hier oben gab es nur teilweise Mobilfunkempfang. Die Hitze stieg über dem Gleisbett auf. Es roch nach warmem Teer, als sie zum Lokführerstand schritt. Hinter ihr drehten bereits wieder die Rotoren des Helis, dann hob die blau-weiße Maschine ab, samt dem angeschlagenen Spezialagenten der Einheit Enzian. Corina musste sich dem Mörder vorläufig alleine stellen, der irgendwo aus dem Zug ihr Ankommen wahrscheinlich beobachtet hatte.

3

Corina kletterte in den Lokführerstand. Sie erkannte die Lokführerin sofort – was für eine schöne Überraschung! Martina Cavelty und Corina waren in Pontresina erst gemeinsam in den Kindergarten gegangen, danach hatten sie zusammen die Primarschule besucht, ehe Martina in der fünften Klasse mit den Eltern nach St. Moritz gezogen war. Sie kannten sich also noch aus der Zeit, in der sie mit Puppen gespielt hatten. Nach Martinas Umzug hatten sie sich aus den Augen verloren. Doch offensichtlich hatten in der Zwischenzeit beide ihren jeweiligen Traum wahr gemacht: Martina war schon immer von Zügen fasziniert gewesen, und Corina hatte nie einen anderen Wunsch gehegt, als Bäuerin oder Polizistin zu werden.

»Wie gefordert habe ich alle Türen geschlossen gehalten, und eine Notöffnung wurde nirgends getätigt, sonst hätte ich ein Signal erhalten. Das heißt, alle Passagiere sind noch im Zug – auch der Täter!«, sagte Martina nach der viel zu kurzen Begrüßung. So hatten sich die ehemaligen Schulkameradinnen ihr nächstes Wiedersehen bestimmt nicht vorgestellt.

»Kannst du mir sagen, wo sich die Leiche befindet?«

»Also, was ich dir sagen kann: Hier vorne im Triebzug musst du die Täterschaft, so sagt ihr es doch, nicht suchen.«

»Warum nicht?«

»Der besteht aus zwei Triebköpfen mit einem Passagierwagen in der Mitte. Von den drei Wagen des Triebzugs aus gibt es keinen Zugang zu den sechs angehängten Panoramawagen, da der hintere der beiden Triebköpfe gegen die Fahrtrichtung gekoppelt ist.«

»Okay, ich verstehe nur so viel, dass es von den ersten drei Wagen keinen Zugang zu den angehängten Panoramawagen gibt.«

»Genau, weil der zweite Triebkopf in verkehrter Fahrtrichtung im Triebzug integriert ist, damit er für die Rückfahrt bereits mit der Frontscheibe in Fahrtrichtung steht. Weißt du, wir koppeln am Endbahnhof den Triebzug ab und fahren ihn auf einem Nebengleis an den Panoramawagen vorbei und hängen ihn dann vorne wieder an.«

»Also ganz habe ich es nicht durchschaut, aber immerhin so, dass es reicht.«

Martina lachte. »Wenn man vor dem Triebzug steht, begreift es jeder sofort.«

»Du meinst selbst ich?« Corina lachte herzhaft, bevor sie wieder ernst wurde. »Und wie komme ich jetzt zum Opfer?«

»Also, steig aus dem Triebzug und geh an diesem vorbei bis zum ersten der Panoramawagen. Dort wartest du vor der Zustiegtür. Der Zugbegleiter wird dich reinlassen, sobald er dich draußen stehen sieht. Er wird dich zur Leiche führen.«

»Grazia fich«, bedankte sich Corina auf Romanisch. »Kannst du bitte über die Zuglautsprecheranlage die Durchsage machen, dass jetzt die Polizei an Bord kommt? Die Reisenden fragen sich bestimmt schon, wer der Mörder unter ihnen ist, und das kann sicherlich dem einen oder der anderen gehörig Angst einjagen.«

Martina nickte, und Corina verließ den Führerstand.

Der Zugbegleiter ließ Corina im ersten Panoramawagen zusteigen und verschloss sogleich die Tür hinter ihr.

Bereits in diesem ersten Abteil, in das wegen der Panoramafenster, die bis ins Dach reichten, viel Licht fiel, spürte Corina die Blicke der Reisenden auf sich: eine Mischung aus Neugierde und Erstaunen darüber, nur eine einzige Beamtin zu sehen, die außerdem eher aussah wie eine bewaffnete Berglerin mit schräger Frisur. Corina ließ ihren Blick für einen Moment lang auf den Gesichtern der Reisenden ruhen, während sie langsam zwischen den licht besetzten Reihen der ersten Klasse den Gang entlangschritt. Gleichsam war sie auf der Hut, denn der Täter oder die Täterin könnte sich durch ihr Erscheinen in die Enge getrieben fühlen, und Menschen mit dem Rücken zur Wand, das wusste jede Polizistin genau, war alles zuzutrauen.

Wer aber Corina Costas freundliches Auftreten mit Schwäche verwechseln sollte, der würde sehr schnell eines Besseren belehrt werden. Sie war nämlich bestens im Nahkampf geschult, und so ruhig und besonnen sie schien, so geschmeidig schnell konnte sie ihre 9-Millimeter-Glock ziehen. Außerdem war es genau diese Ruhe und Freundlichkeit, die sie ausstrahlte, die ihr öfters den Weg für eine erfolgreiche Ermittlung bahnten, denn nicht wenige Täter nahmen sie dadurch nicht ernst ... bis die Handschellen klickten.

Im zweiten Panoramawagen, ebenfalls Kategorie erste Klasse, kam ein großer Mann auf Corina zu, stellte sich ihr im schmalen Gang breitbeinig in den Weg, als suche er Streit, und streckte ihr einen Ausweis entgegen. »Dirk Obermann, BKA Wiesbaden. Und Sie, Sie sind von der Polizei?« Letzteres sagte er mit einem überheblichen Unterton, als ob er es nicht glauben könnte.

»Allegra. Corina Costa, Kantonspolizei Graubünden«, erwiderte sie. »Was macht das Bundeskriminalamt inmitten der Schweizer Berge, und das in kurzen Hosen und Sandalen?«

»Allegra?«

»Heißt hier im Engadin ›Guten Tag‹. Ist romanisch.«

»Sie sind allein?« Er blickte über sie hinweg, statt auf ihre Frage einzugehen, zeigte weiterhin offen seine Verwunderung über ihr Erscheinen.

»Ja«, antwortete Corina.

»Sehr ungewöhnlich.« Er schien nun eine Erklärung ihrerseits zu erwarten. Doch Corina sagte nichts, stand einfach da. »Wieso sind Sie allein?«, schob er deshalb die Frage hinterher.

»Verstärkung ist unterwegs.«

»Umso mehr will ich Ihnen bis dahin meine Unterstützung anbieten. Ich bin im Bundeskriminalamt Wiesbaden ein altgedienter Sonderermittler, was Mordfälle betrifft und somit in sämtlichen Ermittlungsmethoden auf dem neusten Stand. Außerdem habe ich mir besonderes Fachwissen in der Forensik angeeignet.«

Der Kerl war Corina auf Anhieb so sympathisch wie ein spitziges Steinchen im Wanderschuh.

»Danke. Ich will mir erst selbst ein Bild machen.«

»Dann schaue ich Ihnen über die Schulter. Wie gesagt, ich bin in den neusten Ermittlungstechniken geschult. Der Fall erfordert größte Aufmerksamkeit, muss Ihnen bewusst sein. Das hier, das müssen Sie wissen, das wird einen gehörigen Medienwirbel verursachen, und das über die Landesgrenzen hinaus. Ach übrigens, Corina, so unter Kollegen, ich bin der Dirk.«

Er hielt ihr seine Pranke entgegen, die so groß war wie eine Pizzaschaufel.

»Wann haben wir gemeinsam Schweine gehütet?« Corina ignorierte die Hand, blieb aber weiterhin freundlich.

»Wie kommen Sie jetzt auf so eine absurde Idee?«, fragte Dirk sichtlich verwirrt.

Corina blickte ihn schweigend an, als hätte sie nichts verstanden, bis er die Stille durchbrach und nachbohrte: »Was meinen Sie damit … Schweine gehütet?«

»Eine Schweizer Redensart. Sie bedeutet, dass wir uns noch nicht gut genug kennen, um per Du zu sein. Ein Du soll ja was bedeuten. Hätten wir auf einer Alp zusammen Schweine gehütet, würden wir uns gut genug kennen. Aber das haben wir nicht.«

Obermann starrte sie an. Sein Riesenschädel war von einem grau melierten, kurzgeschorenen Haarkranz umfasst und von einer beigen Schirmmütze bedeckt. Corina schätzte den bestimmt zwei Meter großen Kerl, dessen fülliges Gesicht kaum Falten trug und tadellos rasiert war, auf Mitte fünfzig. Er trug eine knielange beige Stoffhose, ein kurzärmeliges Hawaiihemd, darüber ein beiges Gilet und roch nach einer Überdosis Kölnisch Wasser. Seine große Bauchtasche trug er beschirmt von seinem dicken Bauch unter selbigem. Seine Füße steckten in weißen Socken, die bis zur Mitte der käseweißen Waden reichten. Seine Sandalen waren braun, schlicht gehalten und somit wohl das Schönste an ihm.

Er wirkte noch immer irritiert, als wöge er ab, ob Corina ihn gerade auf den Arm nehmen wollte und gleich mit einem Lachen die Situation auflösen würde oder ob sie es tatsächlich ernst meinte.

»Dann sage ich *Ihnen*«, erwiderte er schnippisch, »wenigstens, was ich weiß: Die Tote ist eine junge Frau. Sie trägt eindeutige Strangulierungsmerkmale, und der Arzt, der per Zufall unter den Reisenden ist, hat ihren Tod bereits festgestellt. Selbstredend habe ich das Opfer nicht berührt, aber ich erkannte, als ich mich zu der Frau bückte, dass sie sich nicht gewehrt haben konnte. Ihre auffallend bunten Fingernägel sind unversehrt, und sie trägt keine sichtbaren Abwehrverletzungen, wie das nach einem Kampf üblich wäre. Ihr goldenes Handy musste sie in der Hand gehalten haben, es liegt auf dem Boden neben der Toilette, gleich neben ihr …«

Corina hob in einer langsamen Bewegung ihre linke Hand und unterbrach damit den Redeschwall. »Wie gesagt, Herr Obermeier …«

»Obermann, bittschön, und Obermann mit zwei n.«

»Wie gesagt, Herr Obermann mit zwei n, ich will mir erst selbst ein Bild machen.« Sie deutete an, dass sie an ihm vorbeiwollte, worauf er behäbig einen Schritt zur Seite trat und sich zwischen zwei leere Sitzreihen zwängte.

Corina schritt weiter durch das Abteil. Sie wusste von Martina, dass die Tote in der Toilette der zweiten Klasse lag, im dritten Panoramawagen, und das hatte bestimmt seinen Grund. Die Reisenden trugen fragende Gesichter. Auch Angst erkannte sie beim einen oder anderen. Durch die großen Fenster blickte die Ermittlerin auch immer wieder in die Abgeschiedenheit der Bergwelt. Eine Kuh stand nah am Gleis und wackelte heftig und arrhythmisch mit den Ohren, um die lästigen Fliegen zu verscheuchen.

Bevor sie das Abteil der ersten Klasse verließ, kam sie an einer Gruppe Japanerinnen, an drei deutschen Frauen und an einer Nonne in schwarz-weißer Ordenstracht vorbei. Corina erinnerte sich, dass Letztere die Tote aufgefunden haben soll. Doch zuerst wollte sie den Tatort sehen, dann mit der Gottesfrau sprechen.

Der dritte Wagen war ebenfalls kaum besetzt, erkannte Corina durch die Scheibe des leeren Vorraumes, in dem sich das WC mit der Toten befand, die nun ihre ganze Aufmerksamkeit erforderte.

Die Fahnderin blickte durch die halb nach innen aufgestoßene WC-Tür. Das Bild, das sich ihr bot, war traurig und gleichermaßen erschreckend. Sie verharrte einen Moment andächtig, ehe sie vor der Toten in die Hocke ging und sich dabei nachdenklich über Augen und Mund rieb.

Der Anblick stimmte sie für einen Moment so traurig, dass ihre Augen feucht schimmerten. Sie dachte an die Träume der Frau, derer sie in ihrem jungen Leben bestimmt noch viele gehabt hatte, an all das Schöne, das in der Welt noch auf sie gewartet hätte. Corina schloss für einen Moment die Augen, wischte den Kummer fort zugunsten des Versprechens, alles zu tun, um die Umstände des Mords zu klären und den Täter oder die Täterin schnellstmöglich zu überführen.

Obermann trat nur wenige Sekunden später hinter Corina an die Tür, verdunkelte mit seiner mächtigen Gestalt den Eingang. Er und der schick uniformierte Zugbegleiter, der ebenfalls aus dem Erste-Klasse-Abteil gekommen war, stellten sich hinter Corina hin, sodass die automatische Schiebetür ins Abteil der zweiten Klasse auf- und zuging, worauf die beiden etwas zur Seite treten mussten.

Corina blickte weiter schweigend auf das Opfer, als könnte es ihr noch erzählen, was geschehen war, dann erhob sie sich, blieb mit gesenktem Haupt stehen, wie während des Totengeläuts vor einem Grab.

Ihr Funkgerät meldete sich in der angespannten Situation mit der melodielosen Stimme von Dr. Kaspersky, der Forensikerin der Kantonspolizei Graubünden. Die Fünfzigjährige, die stets von einem Hauch des Todes umgeben schien und meist nach einem Reinigungsmittel mit Tannennadelduft roch, informierte sie, dass sie in der nächsten halben Stunde eingeflogen käme, zusammen mit Adrian Hugentobler, ihrem Gehilfen. Sie bat Corina um einen kurzen Lagebericht, den diese in wenigen Worten durchgab.

Corina wusste: An so einem öffentlichen Tatort würde es von Spuren nur so wimmeln. Doch wenn jemand im Chaos Entscheidendes finden würde, dann war es zweifellos Dr. Kaspersky und ihr Hugentobler – die beiden waren ein eingespieltes Team.

Corina wandte sich an den Zugbegleiter, der noch immer so weit wie möglich vom WC entfernt stand, als wäre der Tod ansteckend: »Die Nonne hat das Opfer gefunden, richtig?«

»Also, ähm, ja, also nein. Eigentlich eine der Japanerinnen, die im selben Wagen gesessen hatte, wenige Plätze vor dem Opfer.« Der Mann schien noch immer vom Schrecken gezeichnet, wirkte vom Grauen abgestoßen und angezogen zugleich, denn er konnte seinen Blick nicht von der Toten abwenden.

»Komisch, mir hat man gesagt, es wäre eine Nonne gewesen. Bitte rufen Sie die Japanerin als Erste zu mir.«

»Also die Nonne hat die Tote ja eigentlich auch gefunden. Sie war es jedenfalls, die lauthals geschrien hat. Die Touristin … ach, was rede ich auch, die kann es Ihnen bestimmt selber besser erklären.« Der Mann nickte und verschwand eilends zurück ins Abteil der ersten Klasse.

Obermann baute sich neben Corina auf. »Wäre es nicht sinnvoller, erst eine vollständige Passagierliste zu erstellen, die Sitzplätze aller Reisenden zu bestimmen und festzuhalten, dann zu erfragen, wer überhaupt zur Tatzeit seinen Sitzplatz verlassen hat, um so die meisten Fahrgäste gleich ausschließen zu können? Mein geschultes Auge hat übrigens längst erkannt, dass der Zug nur zu einem Viertel besetzt ist.«

»Wie gesagt, ich verschaffe mir im Moment einen ersten Überblick.« Corina drehte ihm den Rücken zu und ging nochmals vor der Toten in die Hocke, während Obermann dem Zugbegleiter ins Abteil der ersten Klasse folgte.

Corina blieb allein zurück und nahm die Tote genauer in Augenschein. Die junge Frau trug fast neue Schuhe: Turnschuhe mit einer dicken Gummisohle, ihre weite Stoffhose hatte einen breiten Aufschlag an den Enden, und der Bund reichte bis über den Bauchnabel. Die Fingernägel der Toten waren bunt lackiert, außer der am linken kleinen Finger, der war pechschwarz. Um das linke Handgelenk trug das Opfer ein goldenes Kettchen mit einem Anhänger – einem Schutzengelchen, wie es schien. Die Uhr, eine Apple Watch, zeigte die korrekte Zeit: 12:01 Uhr. Das kurze Haar der Toten war braun und wellte sich zerzaust über den Nacken. Kein Wunder nach einer solch brutalen Tat, dachte Corina.

Zum Schluss blickte die Fahnderin dem Opfer lange seitlich ins Gesicht, da die Tote verdreht auf dem Boden lag. Das linke Auge war halb geöffnet, und das Antlitz des Todes hatte unverkennbar die Gesichtszüge entstellt. Im Nasenflügel trug die Tote ein kleines glitzerndes Steinchen, und die Zähne schienen gepflegt zu sein, das zumindest konnte Corina auf den ersten Blick durch den heruntergeklappten Kiefer erkennen.

Ein Räuspern hinter Corina ließ sie sich langsam erheben und umdrehen. Es war der Zugbegleiter, der ihre Aufmerksamkeit suchte. Neben ihm stand eine offensichtlich eingeschüchterte japanische Touristin.

»Allegra«, sagte die Fahnderin zur jungen Frau und nickte ihr zur Begrüßung zu.

Die Japanerin ihrerseits verbeugte sich tief, sagte dabei etwas auf Japanisch, was Corina als Begrüßung wertete.

Corina zog ihren Dienstausweis aus der Gesäßtasche ihrer Jeans und hielt ihn der Frau vor die Nase. »Kriminalpolizei. Sprechen Sie Deutsch?«

»Police?« Die dunklen Augen der Touristin spiegelten Schrecken.

Corina nickte.

»*Sorry, I don't speak German, but my English is very good.*«

Corina hatte es befürchtet. Sie sprach zwar auch Englisch, das war im Engadin nicht unwichtig, aber es fiel ihr alles andere als leicht. Sie redete ja schon nicht gerne Deutsch. Sie nahm einen langen Atemzug und suchte nach den richtigen Worten in ihrem internen Wörterbuch, das mehr Löcher als alle Emmentaler Käse zusammen hatte.

»Ich heiße Corina Costa. Und Sie?«

»Natsuki Nakamura.«

Corina nickte und fragte weiter mit einem fürchterlichen Akzent und in nicht korrektem Englisch: »Sie haben gefunden die Frau?«

Die Japanerin nickte.

Corina erfuhr, dass die Japanerin erst vierundzwanzig Jahre alt war und aus der Nähe von Tokio stammte.

»Was können Sie sagen mir über den Fall?«

Natsukis Stimme war leise: »Ich wollte auf die Toilette. Als ich die Tür öffnete …« Sie stockte, senkte ihren Blick, sagte nichts mehr.

Corina winkte den Zugbegleiter zu sich, der sichtlich widerwillig näher trat, fragte ihn: »Hat es nicht in jedem Abteil ein WC?«

»Doch, in der ersten Klasse sogar ein behindertengerechtes. Dafür verfügt das in der zweiten Klasse über ein Fenster.«

Corina nickte, wandte sich wiederum der Japanerin zu, während der Zugbegleiter rasch in den Hintergrund trat.

»Warum Sie haben nicht das WC gebraucht in der ersten Klasse?«

»Es war schon jemand drin. Es ist ungehörig vor einer geschlossenen Tür zu warten.«

»Deshalb sind Sie gegangen zurück, durch Abteil in Wagen der zweiten Klasse, dort haben Sie die Tote gefunden?«

Natsuki nickte.

Obermann, der mit dem Zugbegleiter und der Japanerin zurückgekommen war, mischte sich ein: »Frau Costa, wenn Sie möchten, übersetze ich Ihnen das ausgezeichnete Englisch der jungen Frau und stelle auch die von Ihnen gewünschten Fragen, in ebenfalls perfektem Englisch.«

»Versteht man denn nicht, was ich sage?«

»Mit Ihrem Englisch kann man sich sicher im Ausland zur Not durchschlagen, aber für eine ordentliche Vernehmung ist es leider nicht gut genug und ...«

»Lassen Sie mich raten«, unterbrach ihn Corina. »Sie haben Englisch studiert?«

»Ich beherrsche sechs Sprachen in Wort und Schrift fließend.«

Corina blickte die Japanerin an. »Sie können mich verstehen gut genug?«

Die junge Frau schien für einen Moment den Sinn der Frage nicht zu verstehen, doch dann sagte sie Ja und nickte.

»Gut, wir probieren Hergang nachzustellen. Wo Sie haben gesessen genau?« Corina deutete mit einer Handbewegung an, dass Natsuki vorangehen sollte.

Das tat diese auch. Sie ging mit unsicheren Schritten voraus, zurück in ihr Abteil in der ersten Klasse. Corina folgte direkt hinter ihr und blickte auf die vor ihr Gehende.

Natsuki bewegte sich grazil. Sie trug leuchtend rote, modische Shorts aus dünnem Stoff, deren Bundfalten perfekt gebügelt schienen ebenso wie die weiße Sommerbluse. Ihr Handy hatte sie sich in einer durchsichtigen Hülle umgehängt. Die weißen Sportschuhe schienen eine viel zu dicke Sohle zu haben, insgesamt verschluckten die Galoschen ihre kleinen Füße. Das rabenschwarze Haar saß in einem perfekten Pagenschnitt und glänzte. Aber die junge Japanerin roch nach rein gar nichts, weder nach Parfüm noch nach Eigengeruch, fiel Corina auf.

Natsuki blieb im hinteren Teil des Wagens stehen, zeigte auf die Sitze auf der rechten Seite, wo die vier anderen ihrer Gruppe saßen und Corina neugierig musterten. Ihre Waffe schien die ganze Aufmerksamkeit der Touristinnen zu bündeln.

»Sie reisen als gemeinsam?« Corina war die Gruppe natürlich längst aufgefallen.

Natsuki nickte.

»Ist Ihnen das Opfer zuvor, ähm, aufgefallen? Haben Sie die Frau vor dem Tod gesehen?« Corina suchte krampfhaft nach den richtigen Worten, was dauerte.

Die Japanerin nickte, und Corina dachte, dass die ja noch weniger gerne sprach als sie selbst.

»Wer saß die Frau?«

Die Japanerin blickte Corina fragend an, bis diese merkte, dass sie wieder mal das Wo und das Wer verwechselt hatte, und die Frage korrigierte.

Natsuki führte sie vier Reihen zurück Richtung Tatort-WC, ehe sie auf die beiden leeren Sitzreihen links am Fenster deutete. Es waren die letzten Plätze vor dem Vorraum zum Abteil der zweiten Klasse. Dass das Opfer deshalb wahrscheinlich direkt den kürzeren Weg auf die Toilette der zweiten Klasse genommen hatte, schien für Corina nur logisch.

»Wie wirkte die Frau? Nervös?«

»Ich habe sie nur beim Einsteigen kurz gesehen, als wir unsere Plätze suchten. Vielleicht weiß die Nonne mehr.« Natsuki drehte sich der gegenüberliegenden Sitzreihe zu, wo die Nonne saß, die sie beobachtete.

»Diese Nonne hat also geschrien ganz laut, als Sie vor der toten Frau standen?«

Natsuki nickte, sodass ihr schnurgerades Haar kurz in Wallung geriet, sich aber sogleich wieder perfekt anordnete wie eine Haltung einnehmende Kompanie. Corina suchte angestrengt nach den Worten für die nächste Frage, als Obermann herantrat.

»Reden Sie doch mit Schwester Klara aus dem Kloster Einsiedeln.« Er blickte mit einem Lächeln auf die Nonne. »Ihr Schrei war es doch, der den ganzen Zug hat aufhorchen lassen, wenn ich das so salopp sagen darf.«

Die Nonne erhob sich und machte die zwei Schritte zum Mittelgang, in dem Corina mit Natsuki stand. Corina schätzte sie auf Ende vierzig. Die Ordensfrau hatte klare, drahtige Gesichtszüge, und ihr Gesicht wie auch ihre Hände waren braun gebrannt, was hieß, dass sie viel draußen war. Von dem braunen Haar sah Corina nur den Ansatz, der Rest steckte unter der Haube.

Corina reichte der Schwester zur Begrüßung die Hand. Immerhin konnte sie endlich wieder auf Deutsch weiterreden: »Na gut, bitte kommen Sie mit zum Tatort«, und mit Blick zu Natsuki deutete sie mit einer Handbewegung an: »*Follow me.*«

Corina hörte, wie Obermann hinter ihrem Rücken Englisch mit der Japanerin redete, und das wie der Blitz, während die vier das Abteil verließen.

Vor dem WC mit der offen stehenden Tür und mit Blick auf das Opfer blieb Corina stehen. »Schwester Klara, Sie haben das Opfer als Zweite gefunden. Erzählen Sie.«

»Ja, das habe ich, und es war wirklich schlimm. Das arme Fräulein saß mir ja seitlich gegenüber.«

»Fräulein? Ich nehme an, Sie meinen das spätere Mordopfer?«

»Ja.«

»Wie fanden Sie die Situation hier vor?«

Schwester Klara hielt die Hände vor ihrem Bauch gefaltet, während sie sprach: »Das WC in unserem Abteil war die ganze Zeit besetzt, und so ging ich zum nächstbesten, und das ist das hier.«

»Was sahen Sie, als Sie den kleinen Vorraum hier betraten?«

»Erst nur die Japanerin.« Sie blickte mit einem warmen, aber angespannt wirkenden Lächeln zu Natsuki. »Die Dame stand wie angewurzelt vor der offenen Tür. Ich dachte mir, die steht an.«

Wie ein Simultandolmetscher übersetzte Obermann für die Japanerin, die konzentriert zuhörte.

»Dem war aber nicht so, oder?«, hakte Corina nach.

»Ich wurde nicht recht schlau aus der Situation. Als ich mich zur Seite reckte, sah ich, was meine Augen niemals hätten sehen sollen.« Sie legte ihre Hand auf die Brust.

»Und dabei schrien Sie auf Teufel komm raus, wie ich hörte?« Erst nachdem Corina diese Frage gestellt hatte, fand sie diese Formulierung doch unpassend. Sie sprach hier immerhin mit einer Dienerin Gottes. Doch diese schien davon nicht beleidigt zu sein, im Gegenteil.

»Wirklich treffend gesagt, Frau Polizistin, denn ich habe ja das Werk eines Teufels gesehen, und so kam es einfach über mich. Verstehen Sie? Der Schrei hat das Böse, das in mich hineinwollte, rechtzeitig abgewehrt.« Sie bekreuzigte sich.

»Sie und die junge Frau reisten ja sozusagen nebeneinander, wenn auch durch den Mittelgang getrennt. Wie hat das Opfer vor der Tat auf Sie gewirkt?«

»Freundlich. Sie setzte sich in Chur nach kurzem Umsehen im Abteil auf ihren Platz. Sie saß einfach da und blickte aus dem Fenster, schien ihren Ausflug zu genießen, sie war wie ich auch alleine unterwegs. Nur als sie ihren Platz mal verlassen hatte und danach zurückkam, wirkte sie aufgebracht. Ja genau, aufgebracht ist das passende Wort.«

»Wann war das?«

»Kurz bevor sie nochmals den Platz verließ, aber diesmal Richtung Zugende, und nicht wiederkam.«

»Verließ sonst noch jemand von den Passagieren den Wagen, kurz bevor oder nachdem das Opfer den Sitzplatz verlassen hatte?«

»Tut mir leid, das kann ich nicht mit Sicherheit sagen, denn so was fällt einem nicht in jedem Fall auf. Im Zug ist es doch immer ein Hin und Her.«

»Die junge Frau hier«, Corina deutete auf Natsuki, »die müssen Sie doch gesehen haben. Sie hat ja ihren Platz vor Ihnen, das heißt, sie muss an Ihnen vorbeigegangen sein, als sie zur Toilette der zweiten Klasse ging.«

»Ich weiß es wirklich nicht. Ich habe meist aus dem

Fenster geschaut. Deswegen sitzen wir ja alle hier in diesem Zug – die Landschaft …«

Das war einleuchtend, fand Corina, fragte aber weiter: »Und Sie haben das Abteil verlassen, weil Sie auf die Toilette mussten? Das heißt, mit der Toten eingerechnet mussten drei Personen in einem Abteil fast zum selben Zeitpunkt aufs Klo, und jemand Viertes hat davor das WC im Erste-Klasse-Wagen besetzt.«

»Mir wäre auch lieber, ich hätte nicht gemusst, aber auch Nonnen zieht es hin und wieder mal aufs stille Örtchen.«

Corina dachte, dass das Örtchen in diesem Fall wahrlich nicht so still gewesen war, im Gegenteil. Obermann übersetzte derweil weiter fleißig für Natsuki.

»Noch eine letzte Frage, Schwester Klara: Wann genau haben Sie die junge Frau zuletzt lebend im Abteil gesehen? Ist Ihnen dabei ein Streckenabschnitt geblieben?«

»Ja, das habe ich doch auch schon dem Zugbegleiter gesagt, der weiß es doch sicher noch haargenau.« Sie blickte sich um, ob er in der Nähe war, doch er war wahrscheinlich im Abteil geblieben, der Leiche wegen. »Das war wenige Minuten, bevor wir die Seen auf der Passhöhe erreicht hatten. Da bin ich sicher, denn es kam gerade die Durchsage aus dem Lautsprecher. Kurz danach stand die junge Frau auf, und ich dachte mir noch, dass man jetzt doch erst recht sitzen bleiben sollte, eben wegen der Seen, vor allem wenn man wie sie schon auf der rechten Seite des Zuges saß.«

Corina schwieg wieder, als Obermanns sonore Stimme sie aufrüttelte. Der Kerl stand wieder wie ein Findling auf einem Wanderweg hinter ihr.

»Wollen Sie sich keine Notizen machen?«, fragte er.

Corina drehte sich um, blickte direkt in sein rundes Gesicht. »Herr Obermann, mein Oberstübli regelt das schon.« Sie tippte dabei an ihre Schläfe. »Da drin ist meine Schreibmaschine und mein Notizblock in einem.«

»Und warum befragen Sie nicht endlich die Zeugin eingehender, die das Opfer als Erste gefunden hat?«

Corina sagte nichts, blickte ihn nur schweigend an. Sie suchte die richtigen Worte auf Englisch, dann drehte sie sich der Japanerin zu. »Frau Nakamura, was genau erlebten Sie hier?« Corina hatte ja mitbekommen, dass Obermann zuvor alles, was sie mit der Nonne besprochen hatte, für die Japanerin übersetzt hatte.

Natsukis dunkle Augen wirkten geheimnisvoll. Es war schwer zu erkennen, was in der jungen Frau vorging. »Ich stieß die Tür auf, wollte aufs WC, da blockierte etwas die Tür. So fand ich die Tote.«

»Aber Sie schrien nicht, holten keine Hilfe?«

»Schock! Erst als viele Leute um mich standen, erwachte ich. Mehr kann ich leider nicht sagen.« Sie nickte, dann blickte sie aufgewühlt zu Boden.

Corina kannte dieses Phänomen. Nicht umsonst hieß es im Volksmund »starr vor Schreck«. Andere hingegen waren wie die Nonne, die schrien wie außer Kontrolle geratene Sirenen. Doch auch Mörder konnten sich vor Schreck manchmal nicht mehr von einem Tatort lösen. Sie blickte auf die Hände der Japanerin. Sie waren hell und zart. Doch Corina wusste, welche Kräfte Wut oder Hass, erst recht Eifersucht freisetzen konnten. Kräfte, von denen niemand ahnte, dass sie in einem Menschen steckten.

Obermann drängte sich auf: »Frau Costa, ich habe selbstredend zwischenzeitlich mit dem Zugbegleiter gesprochen und Folgendes für Sie abgeklärt: In jedem der beiden Panoramawagen der ersten Klasse haben achtundzwanzig Passagiere Platz, in den vier Wagen der zweiten Klasse je dreiundvierzig. Somit wären es bei einem vollbesetzten Zug zweihundertachtzehn …«

»Zweihundertachtundzwanzig«, korrigierte Corina sofort.

»So oder so. Das ist viel. Doch am heutigen Tag, und das sei wohl typisch für einen Wochentag kurz vor den langen Sommerferien, saßen lediglich zweiundsiebzig Fahrgäste verteilt in den sechs Abteilen. Ich habe sie eben gezählt. Und noch was: Unter den Passagieren, die im Triebzug zwischen den beiden Loks sitzen, kann der Täter unmöglich sein … Wissen Sie überhaupt, was ein Triebzug ist?«

»Gut genug.«

Obermann atmete hörbar aus. »Machen Sie es allen Leuten so schwer, die Ihnen helfen wollen?«

»Helfen Sie allen, die keine Hilfe möchten?«, konterte Corina.

»Hören Sie, wir müssen eine Liste mit allen Passagieren machen, die nicht im erwähnten Triebzug vorne sitzen. Wir brauchen von allen die Adresse, denn der Zug kann ja nicht tagelang hier stehen bleiben.«

»Warum nicht?«

Jetzt konnte Obermann seinen Frust nicht länger verbergen, oder vielleicht wollte er es auch gar nicht. »Phaaa, aber hallo, gute Frau. Wir sind hier irgendwo im Nirgendwo, und ein jeder hat doch sein Leben, muss nach Hause oder wieder arbeiten, essen, duschen, Sie wissen schon.«

»Es gibt bestimmt viele Menschen auf dieser Welt, die noch so gerne mehr Zeit in einem solchen Zug verbringen würden, wir haben es hier oben in den Bergen doch wunderschön. Zugegeben: Mit einem Mörder an Bord ist es weniger angenehm als ohne.«

»Ach, Sie sind so eine, die gerne Perspektivenwechsel vornimmt: Man stelle sich vor, wir befänden uns irgendwo im Krieg, seien Geflüchtete oder lebten in einem zerbombten Haus ohne Strom und Wasser und kaum zu Essen …«

»Zufriedenheit ist nicht jedermanns Sache, Herr Obermann mit zwei n. Aber zugegeben, auch ich müsste das eine oder andere regeln, falls das hier oben länger dauern sollte, was ich im Moment nicht ausschließen kann.«

»Aha, und was hat denn so jemand wie Sie zu regeln?« Sein sarkastischer Ton war bestimmt bewusst nicht zu überhören. Corina störte sich nicht daran, sie nahm so was nie persönlich. Eine Botschaft hatte in erster Linie immer mit ihrem Absender zu tun, und jeder Empfänger hat die Freiheit zu entscheiden, ob und wie er sie aufnehmen will.

»Ich müsste eine Bäuerin im Dorf informieren, die zu meinen Ziegen schauen müsste, aber auch zu meinen Giallinas …«

»Was in Herrgottsnamen sind Giallinas?«

»Hühner.«

»Hühner? Ist das wieder romanisch?«

»Präzis. Und auch mein Murmeltier würde sich bestimmt fragen, wieso ich plötzlich so lange wegbleibe.

Aber eigentlich sind es alle meine Tiere gewohnt, dass ich wegen dringender Ermittlungen halt auch mal länger unterwegs bin.«

»Sie haben ein Murmeltier? Sie veräppeln mich doch«, spottete Obermann.

»Nein, er heißt Fred. Er ist vierjährig und wohnt auf meinem Hof, auf der Wiese mit den Ziegen und den Hühnern zusammen und manchmal auch im Haus.«

Obermann schüttelte nur ungläubig den Kopf.

Die Fahnderin aus den Bergen blickte zum Zugbegleiter, der doch noch zum Tatort gekommen war und vom großen Obermann verdeckt wurde. »Haben Sie eine Passagierliste?«

»Nur von denen, die online gebucht haben. Die, die spontan unterwegs zugestiegen sind und ihr Ticket am Bahnhof gelöst haben, von denen weiß ich nur, dass sie an Bord sind, wenn ich ihr Bahnticket kontrolliert habe. Aber wir haben zweiundsiebzig Fahrgäste im Zug.«

Corina dachte stillschweigend nach, als wäre sie allein.

Obermann war es, der das Wort ergriff: »Also, was gedenken Sie zu tun, Frau Costa? Wir wollen ja nicht einfach nur schweigend abwarten, oder?«

»Doch, und das bestimmt noch eine Viertelstunde, bis Dr. Kaspersky eingeflogen kommt.«

»Aber danach? Sie müssen sich doch jetzt schon ein konkretes Vorgehen zurechtlegen.«

»Sobald Frau Dr. Kaspersky hier ist, werde ich es gemeinsam mit ihr besprechen.« Sie richtete sich an den Zugbegleiter: »Sagen Sie doch bitte der Lokführerin, der lieben Martina, dass sie eine Durchsage machen soll, dass es mit der Weiterfahrt noch einen Moment dauern wird. Die Passagiere sollen doch bitte schön alle auf ihre Plätze zurück und aus den Fenstern die wunderschöne Natur betrachten. Und ich tue das jetzt auch.«

Sie verließ den Vorraum mit dem Tatort und setzte sich in der zweiten Klasse auf einen freien Fensterplatz, blickte in die Berglandschaft und dachte nach.

Obermann folgte ihr, stand mit verschränkten Armen im Mittelgang. »Sie meinen das also tatsächlich ernst?«

Corina drehte sich zu ihm um, blickte hoch. »Wie bitte?«

»Kommen Sie schon. Man kann doch nicht einfach nur dahocken und die Zeit verstreichen lassen. Sie könnten ja wenigstens Ihr Handy mal in die Hand nehmen, aktiv werden, telefonieren.«

»Ich habe kein Handy dabei.«

Als hätte ihm jemand einen Stoß verpasst, wankte er kurz zurück. »Aber jetzt schlägt's dreizehn. Das kann doch nicht wahr sein.«

In diesem Moment kam aus dem hinteren Teil des Zugs der Steward in seiner schicken Serviceuniform auf Corina zu. Er zog seinen Verkaufswagen hinter sich her. »Entschuldigung? Darf ich den Passagieren etwas verkaufen, Getränke oder Snacks?«

»Ja, aber sicher, gerne sogar. Dürfte ich, wenn Sie schon da sind, einen Kaffee haben, mit einem Schuss Milch darin? Muss ihn aber anschreiben, bis meine Verstärkung kommt. Habe kein Geld dabei. Wäre das okay?«

»Immerhin sind Sie keine Veganerin«, bekam sie von Obermann spöttisch zu hören.

»Nein, ich trinke jeden Tag meine Geißenmilch, das

hilft beim Rechnen«, konterte Corina trocken. »Ich habe dafür keinen Führerschein, das reicht als gute Tat, um in den Himmel zu kommen, denke ich. Und Sie?«

»Das glaube ich Ihnen nicht. Sie müssen als Beamtin im Besitz eines Führerscheins sein.«

»Warum? Wir sind doch bei Ermittlungen immer zu zweit unterwegs, und ich lasse mich gerne fahren, ansonsten bin ich stets mit dem öv unterwegs. Auch die Polizei muss was für die CO_2-Bilanz tun«, meinte sie schlagfertig. »Außerdem bin ich nur eine Teilzeitpolizistin, ansonsten bin ich Bäuerin.«

Obermann konnte es dem Anschein nach nicht fassen: eine bewaffnete Bäuerin ohne Fahrausweis, dafür mit einem Murmeltier. Er drehte sich entrüstet um und verließ in seinen braunen Sandalen und den weißen Socken das Abteil.

4

Zwanzig Minuten später drang der Lärm der Rotoren ins Abteil. Corina hatte ihren Kaffee ausgetrunken und dazu ein großes Stück Nusstorte gegessen. Sie stand auf und bat den Zugbegleiter, sie aus dem Zug zu lassen. Der Hubschrauber flog derweil eine scharfe Kurve und setzte schräg vor dem Zug in der Alpweide auf. Die Kuh, die zuvor neugierig die Nähe zum Zug gesucht hatte, war inzwischen weggelaufen.

Die Sonne hatte den Zenit bereits überschritten, es war kurz vor dreizehn Uhr, als Corina vor den feuerroten Triebzug trat, an dessen Front das Wappen von Graubünden prangte. Ein sanfter, angenehm warmer Wind spielte mit Corinas asymmetrischer Frisur.

Sie wartete, bis die spindeldürre Dr. Kaspersky und ihr über zwei Meter großer Assistent Hugentobler aus dem Heli ausgestiegen waren. Die Rotoren wurden langsamer, der Lärm leiser. Die beiden duckten sich im Abwind, als hinter ihnen ein junger Beamter in Zivil ausstieg.

Hugentobler, der wie ein freundlicher Teddybär wirkte, wischte sich mit einem Taschentuch den Schweiß von der Stirn, während Kaspersky wie immer so auf Zack schien, als hätte sie ein Bad in einer Dose Red Bull genommen.

Der junge Ermittler, den Corina nicht kannte, trug einen grauen Anzug und ein weißes Hemd und folgte den beiden. Die Enden seines Sakkos flatterten im Wind, sodass man sein Waffenholster erkennen konnte. Der Mann stellte sich als Remo Sonderegger vor. Corina schätzte ihn auf Mitte dreißig. Ein schöner Mann, fand sie, mit vollem dunklem Haar, klaren Gesichtszügen, himmelblauen Augen, die aber so angespannt wirkten, als müsste er nun gleich an die Front.

Corina beschrieb den dreien nach einer kurzen Begrüßung die Situation in ebenfalls knappen Worten. Danach führte sie sie zu der Toten. Obermann stand im Vorraum wie ein Bewacher des Tatorts, als sie ankamen. Der Kerl schien überall zu sein und drängte sich erneut auf.

»So, da haben wir also unsere Kundin«, sagte Dr. Kaspersky und stellte einen ihrer beiden Metallkoffer ab. Sie nannte »ihre« Toten oft »Kunden« und meinte das nicht despektierlich. »Die ist ja noch blutjung«, fügte die Forensikerin an. Danach schlüpften sie und Hugentobler in weiße Overalls, zogen ihre Kapuzen hoch und Handschuhe über. Hugentobler, der sogar noch einige Zentimeter größer war als Obermann, stellte den 3D-Scanner auf und bat alle, kurz ins angrenzende Abteil der zweiten Klasse zu verschwinden, bis das Gerät alles sauber digitalisiert hatte. Als dies geschehen war, bat Dr. Kaspersky Hugentobler, die Tote aus dem kleinen WC-Raum zu holen.

Wortlos legte der Riese eine weiße Plache im Vorraum aus und hob die Leiche so sorgsam an, als schliefe diese sanft. Mit einer liebevollen Bewegung strich er ihr das Haar aus dem Gesicht. Dann blickte er sie mit schiefem Kopf freundlich an. Corina glaubte, dass er dem Opfer tröstend zulächelte.

Kaspersky wartete, bis Hugentobler aufgestanden war,

und kniete sich dann ihrerseits neben die junge Frau, so als würde sie diese gleich mit einer Herzdruckmassage reanimieren wollen. Doch in der rechten Hand trug sie eine kleine Taschenlampe, die sie nun einschaltete. Damit leuchtete sie in die Pupillen und blickte danach in den halb geöffneten Mund der Toten.

Kaspersky und Hugentobler nahmen an diversen Körperstellen Abstriche für DNA-Proben, tüteten alles gewissenhaft ein und beschrifteten es sorgfältig, ehe Kaspersky sich aufrichtete.

»Frau Costa, die junge Frau wurde gewaltsam erwürgt. Ihr wurde dabei sogar das Zungenbein gebrochen. Die hat dabei bestimmt keinen Mucks mehr von sich geben können.« Sie zog die Handschuhe aus und neue über. »Wie es scheint, hat kein Kampf stattgefunden. Das Opfer wurde also mit Sicherheit von hinten überrascht.«

»Das war auch meine Vermutung. Anhand der Male um den Hals …«

»Sie meinen das formschöne Diadem des Todes, Frau Costa?«

Corina nickte. »Das belegt, dass das Opfer nicht mit bloßen Händen erwürgt, sondern mit etwas stranguliert wurde.«

»Da haben Sie recht, und je nachdem welches Werkzeug die Täterschaft gewählt hat, brauchte es, um so was zu tun, nicht mal sonderlich viel Kraft. Auch Frauenhände könnten mit entsprechender Hebelwirkung so was anrichten. Sie müssten einfach geschickt gewesen sein, denn sie hatten bestimmt nur den einen Versuch.«

Obermann klinkte sich ein, indem er einen Schritt näher trat. »Da kann ich Ihnen nur recht geben, Frau

Kaspersky. Wir hatten mal so einen Fall in der Bundesrepublik. Da wurde ein Ringer von seiner schmächtigen Frau zu Tode gewürgt. Sie hat dazu ein Seil benutzt mit Holzstäben am Ende, die sie am Nacken eindrehen konnte, und so war der Hundertzwanzig-Kilo-Kerl chancenlos. Und das war immerhin einer der besten Ringer der Welt.«

»Wir machen uns noch kein Täterbild, aber wir wissen nun, dass es jeder im Zug gewesen sein könnte«, antwortete Kaspersky. »Doch jetzt lassen Sie uns unsere Arbeit machen.« Die Forensikerin drehte sich zu Corina um. »Ich schlage vor, dass wir am Ende des Zuges beginnen und dann Abteil für Abteil Richtung Triebzug durchkämmen. Dabei fotografieren wir jede Person, auch deren Pass oder Identitätskarte, und nehmen sogleich einen DNA-Abstrich vor.«

Obermann grätschte rein: »Aber, aber, das ist doch in einem Rechtsstaat wie der Schweiz ohne Einwilligung der Person oder einer entsprechenden richterlichen Verfügung nicht einfach so möglich.«

»Also«, sagte Dr. Kaspersky mit ihrer unterkühlten Art, die wunderbar in eine Leichenhalle passte, »erstens holen wir bei jedem das Einverständnis ein und zweitens, wer außer dem Täter sollte da Einwände haben? Was ich mich nun frage, ist: Habe ich etwas verpasst? Gehören Sie zum Ermittlungsteam? Wenn ja, gut, wenn nein, dann reden Sie nur, wenn wir Sie etwas fragen!«

Obermanns Oberlippe zuckte kurz. Corina sah ihm an, dass der es nicht gewohnt war, Befehle zu erhalten. Da er nichts erwiderte, wandte die Forensikerin sich als Nächstes an Remo Sonderegger, den jungen Beamten der Kantonspolizei: »Wollen nicht Sie mal Ihren Mund auftun oder wozu sind Sie hier?«

Der Angesprochene wechselte vom einen aufs andere Bein. »Ich werde nicht aktiv an den Ermittlungen teilnehmen. Meine Aufgabe ist es, Frau Costa zu schützen. Wir wissen ja nicht, wie der Täter oder die Täterin reagieren wird, was alles noch auf uns zukommt.«

»Also sind Sie nicht nur da, um schön auszusehen und rumzustehen«, hielt Kaspersky fest. »Beruhigend zu wissen.«

Corina lächelte, meinte schlichtend: »Alles gut, Herr Sonderegger, halten Sie uns den Rücken frei.« Dann wandte sie sich der Forensikerin zu: »Frau Dr. Kaspersky, da die anwesenden Passagiere aus aller Herren Länder kommen und wohl auch wieder dahin zurückkehren werden, finde ich Ihren Vorschlag gut. Fangen wir am besten gleich an.«

»Hugentobler«, sagte Kaspersky, ohne ihn anzusehen, »machen Sie mir das nötige Material bereit. Aber als Erstes bringen wir die Leiche von Bord, der Heli wartet noch immer draußen.«

Es bot sich ein schauderhaftes Bild, als Hugentobler die in einen schwarzen Leichensack verpackte Tote aus dem Zug trug und dann mit ihr in großen Schritten, einer Prozession gleich, über die Alpweide schritt, in der buschig die roten Alpröslein blühten. Er ging an den ihn anstarrenden Kühen vorbei, die sich nach dem Abebben des Lärms wieder neugierig genähert hatten. Die Passagiere drückten derweil in ihren Abteilen ihre Nasen gegen die Panoramascheiben, während sie zusahen, wie der träge Riese, den Leichensack in den Armen, weiter zum Heli ging und ihn einlud. Dann hob die Maschine ab und verschwand gen Norden im blauen Himmel.

Nun begaben sich Corina, Kaspersky und Hugentobler zum Ende des Zuges, sprachen mit jedem der Passagiere, erklärten die Vorgehensweise, während Sonderegger die Lage im Auge behielt. Sie fotografierten jeden Reisenden und jede Reisende und erhielten von allen anstandslos eine DNA-Probe, denn, so wie es schien, hatten alle Verständnis und ein großes Interesse daran, den Mörder unter ihnen schnell zu finden. Außerdem versprach Kaspersky, alle Daten nach der Aufklärung des Mordes unverzüglich wieder aus der DNA-Datenbank zu löschen.

Corina war erleichtert, dass Kaspersky, die perfekt Englisch und auch Französisch sprach, alles in die Hand genommen hatte, damit sie sich nicht nochmals durch ihren mageren Englisch-Wortschatz kämpfen musste. Dafür sprang sie bei den Reisenden aus Italien ein, und das waren nicht wenige.

Während Kaspersky die DNA-Proben mittels Wattestäbchen im Mundraum einer jeden Person entnahm, Hugentobler reichte ihr immer, was sie dazu brauchte, blickte Corina in jedes der Gesichter, denn eines würde das Antlitz des Mörders oder der Mörderin sein.

Sie verlangten von allen außer den Passagieren im Triebzug eine DNA-Probe, doch sie nahmen von letzteren ebenfalls die Personalien auf und fotografierten sie, dies auf Corinas ausdrücklichen Wunsch. Dirk Obermann, dessen DNA-Profil aus beruflichen Gründen bereits in der Datenbank vom deutschen Bundeskriminalamt hinterlegt war, gab mit Corinas Funkgerät der Einsatzzentrale der Kantonspolizei die nötigen Daten durch, damit sein DNA-Profil sogleich freigegeben wurde.

Das ganze Prozedere zog sich in die Länge. Erst kurz vor sechzehn Uhr waren alle Passagiere registriert. Bei einigen Reisenden war in der Zwischenzeit langsam Unmut aufgekommen. Corina bat deshalb den Zugbegleiter die Durchsage zu machen, dass die gesammelten Personalien laufend polizeilich in den Datenbanken überprüft würden, der Zug aber nun die wenigen Fahrminuten weiter bis hinunter zur Alp Grüm führe. Der Bernina Express bliebe aber noch verschlossen, bis alle Identitäten verifiziert waren. Martina hatte Corina darauf aufmerksam gemacht, dass sie an der Stelle, an der der Zug nun stand, jegliche weiteren Zugverbindungen blockierten und dass nichts dagegensprach, zum kleinen Bahnhof Alp Grüm weiterzufahren, der ein Kreuzen des wartenden Gegenzuges möglich machte. Auch der Druck vom Fahrdienstleiter der Betriebszentrale der RhB in Landquart war in der letzten Stunde gestiegen. Da Corina keinen Nachteil an der Zugverschiebung erkennen konnte, gab sie endlich ihr Einverständnis.

Nur sechs Minuten später fuhren sie auf dem kleinen Bahnhof der Alp Grüm ein, der mitten in einer steilen Bergflanke lag. Der Gegenzug wartete längst auf dem Ausweichgleis und begrüßte die Einfahrenden mit einem heiteren Pfiff. Die Passagiere, die von Tirano her hochgefahren waren, hatten sich die Zeit auf der Sonnenterrasse der Beiz vertrieben, doch nun kehrten sie in ihren Zug zurück, blickten verstohlen durch die Fenster zu den Eingesperrten. Einzig die Reisenden im

Triebzug des Mord-Express durften den Zug nach dem Einfahren sofort verlassen und mit dem Gegenzug zurückreisen.

Corina blickte der Gruppe von zwanzig Personen ein wenig misstrauisch nach. Sie hätte liebend gern erst alle Identitäten sorgfältig überprüft, bevor sie die Passagiere gehen ließ. Aber sie musste darauf vertrauen, dass keiner von denen direkt am Mord beteiligt sein konnte.

Das gedrungene Gebäude des Bahnhofs Alp Grüm war aus massiven Steinblöcken erbaut worden, die Fenster trugen blutrote hölzerne Läden – ein Bahnhof mitten in der Bergwelt. In südlicher Richtung befand sich eine Steilkehre, die über dem Abhang thronte, von wo aus man hinunter nach Poschiavo und weiter bis nach Italien blicken konnte.

Ein schriller Pfiff ertönte. Der Gegenzug setzte sich in Bewegung und verschwand, Stille kehrte in der Abgeschiedenheit ein. Nun hieß es, weiter zu warten. Corina wusste, nun wurde es für einige der Fahrgäste eine Zerreißprobe. Sie versuchte daher, die Passagiere zu beruhigen, lief einmal durch alle Abteile und entschuldigte sich, dass es noch länger dauerte, sagte: »Wir wollen doch den Mörder nicht laufen lassen, er ist ja noch immer unter uns!« Sie wusste, nachdem sie durch das letzte Abteil gelaufen war, dass sie das auch dem Mörder gesagt hatte.

Die Einsatzzentrale der Kantonspolizei Graubünden meldete sich eine halbe Stunde später.

»Hören Sie, Frau Costa, unser Erkennungs- und Hintergrunddienst wird nicht in nützlicher Frist alle Identitäten überprüfen können, da in gewissen Heimatländern gerade Nacht ist und wir nicht alles über Interpol so schnell verifizieren können. Der Chef der Kripo will persönlich mit Ihnen sprechen.«

Oliver Peterelli übernahm das Gespräch: »Allegra, Adjutant Costa. Ich habe mich mit dem Kommandanten Hartmann abgesprochen: Die Medien haben längst Wind von der Sache bekommen, außerdem kontaktierten einige der Passagiere über ihr Handy bereits ihre Anwälte. Sie fühlen sich ihrer Freiheit beraubt. Wir haben ja nun sämtliche DNA-Proben, Ausweiskopien und ein Foto eines jeden einzelnen. Wir müssen die Leute jetzt gehen lassen.«

»Es ist ja erst Viertel vor fünf.«

»Die Leute hocken teilweise seit halb neun Uhr, seit der Abfahrt in Chur, in diesem Zug. Also seit über acht Stunden. Andere sind gar noch länger unterwegs, weil sie von weiter her nach Chur angereist sind.«

»Und wenn schon. Wenn jemand in der Hochsaison durch den Gotthardtunnel will, dann steht er in seiner Blechdose noch viel länger im Stau.«

»Adjutant Costa, das ist ein Befehl!« Seine Stimme färbte sich dunkel. »Die Lokführerin bekommt in fünf Minuten von uns die Anweisung, zurück nach Chur zu fahren. Und wir beide bereden den Fall, sobald Sie ebenfalls in Chur sind.«

Tatsächlich hatten die Medien längst Wind davon gekriegt, ein Hubschrauber der Presse kreiste, kaum hatte Corina aufgelegt, bereits über ihnen.

»Na gut«, sagte sie zum Zugbegleiter, »Türen öffnen, dann können die Passagiere auf der Terrasse der Alp Grüm vor der Rückfahrt wenigstens noch etwas trinken und dabei die schöne Landschaft genießen. So kann der

Triebzug manövrieren, damit wir zurückfahren können, wenn ich das richtig verstanden habe.«

Während die Passagiere aus den Wagen strömten wie das Jungvieh im Frühjahr aus dem Stall, beobachtete Corina das Verhalten der einzelnen Fahrgäste. Sie hoffte, noch etwas Zeit zu gewinnen, mit dem einen oder der anderen noch reden zu können. Remo Sonderegger folgte ihr wortlos wie ein zweiter Schatten.

Die einen vertraten sich die Beine, andere fotografierten die Aussicht, sichtliche Erleichterung war aus dem Gerede zu spüren, auch wenn der Mörder oder die Mörderin noch immer unter ihnen war und vielleicht gerade am Nebentisch ein Glas Mineralwasser trank und sich dabei die Sonne ins mörderische Antlitz scheinen ließ.

Niemand nahm es Corina mehr krumm, dass sie so lange hatten im Zug verharren müssen. Im Gegenteil, gleich mehrere wollten ihr ein Getränk spendieren. Jetzt, wo die Freiheit sie wieder hatte, war der Unmut über die lange Wartezeit schnell verflogen. Und doch trübte das Unbehagen darüber, wer unter ihnen diese grauenhafte Tat verübt hatte, die Stimmung. Corina sah die verstohlenen Blicke der Reisenden, die sie sich alle hin und wieder gegenseitig zuwarfen: Konnte der Kerl es gewesen sein, der mit dem Bart, der gerade so herzhaft lachte? War es der dickbäuchige Holländer, der seiner Frau eine Süßspeise brachte? Oder war es die Italienerin, die neben einem schweigsamen Kerl hockte, der in Gedanken versunken mit einem Glas Rotwein in der Hand in die Welt starrte? Sie alle versuchten das Böse im Gesicht des Täters zu erkennen. Doch Corina wusste, dass sich das Böse auch hinter dem Gesicht eines unverschämt charmanten und zuvorkommenden Menschen verbergen konnte, das sich erst während einer Tat zur Fratze des Teufels wandelte.

Die ersten Schatten legten sich über die hoch gelegenen Hänge der westlichen Bergflanken, als der Bernina Express um halb sechs Uhr wieder losfuhr. Der Panoramawagen der zweiten Klasse, in dem sich der Mord ereignet hatte, war von Hugentobler und Kaspersky mit einem rot-weiß-gestreiften Band abgesperrt worden, ebenso die beiden angrenzenden Waggons. Diese drei Abteile würden in Chur auf dem Güterbahnhof abgestellt und nochmals von der Forensik unter die Lupe genommen werden. Deshalb saßen die Reisenden in den übrigen Abteilen nun enger beisammen.

Auf der über zweistündigen Fahrt nach Chur erfuhr Corina, dass der Medienrummel beträchtlich sei, so wie Obermann vorgewarnt hatte: RTL, Sat1 und auch einige öffentlich-rechtliche Stationen hatten in den frühen Abendstunden bereits die ersten Bilder ausgestrahlt. Vom »Todeszug in den Bergen« war die Rede. Obermann zeigte Corina erste Berichte auf seinem Handydisplay. Die Aufnahmen aus dem Helikopter zeigten, wie der Zug inmitten der Alpweiden festsaß.

Erst um zwanzig Uhr null sieben fuhr der Bernina Express im Bahnhof der kleinen Hauptstadt von Graubünden ein. Chur und das Rheintal lagen am längsten Tag im Jahr in den letzten warmen Sonnenstrahlen. Heiß war es tagsüber im Tal gewesen. In Chur zeigte das Thermometer noch immer über dreißig Grad. Ein leichter Südwind streifte Corina, als sie den Zug gemeinsam mit

Sonderegger, Kaspersky, Hugentobler und Obermann verließ. Major Peterelli wollte den ranghohen Oberst und BKA-Beamten Obermann noch persönlich sprechen. Auch die letzten Fahrgäste des Bernina Express verließen nun den Zug, machten sich mit gemischten Gefühlen auf den Heimweg. Corina wusste, dass auch der Mörder mittlerweile ausgestiegen sein musste. Sie half, die schweren Metallkoffer der Forensik zu tragen und in den dunklen Van zu verladen, der vor den Bahnhof gefahren worden war, um sie alle ins Kommando zu bringen. Sonderegger fuhr nicht mit ins Kommando, sondern in den nahen Hansahof, wo die Fahndung der Kriminalpolizei ihre Räumlichkeiten hatte.

Chur war mit seinen vierzigtausend Einwohnern keine große Stadt, doch Corina, die das Engadin sehr selten und wenn, dann nur im Dienst verließ, empfand die Hektik im Abendverkehr als unschön.

Oliver Peterelli, Chef der Kriminalpolizei, der vor einem Jahr aus dem Kanton Aargau zugezogen war, war wie Obermann Oberst im Militär gewesen und führte seine ihm Untergebenen entsprechend. Das schien einem wie Obermann sehr zu gefallen, die beiden verstanden sich auf Anhieb, ein Wunder, dass sie beim Aufeinandertreffen nicht salutiert haben, dachte Corina beim Anblick der strammen Begrüßung.

Mit am Sitzungstisch saß auch Dr. Kaspersky, während Hugentobler in die Forensik im Kantonsspital gefahren wurde. Ebenfalls vor Ort war eine attraktive blonde Frau um die dreißig. Nadia Caminada hieß sie und war als hervorragende Ermittlerin bekannt. Keine konnte wie sie Informationen beschaffen und Hintergrundrecherchen vorantreiben. Major Peterelli betonte, dass Adjutant Caminada genau deshalb mit im Boot sei, denn die Passagiere kämen aus acht verschiedenen Ländern, gar von verschiedenen Kontinenten. Chefermittlerin Giulia de Medici könne er nicht in den Fall einbinden, diese sei zurzeit in Genua im Urlaub.

Corina kannte Nadia Caminada, die sonst mit Giulia de Medici ein äußerst erfolgreiches Ermittlungsduo bildete. Sie hatte mit Nadia bisher wenig zu tun gehabt, aber dennoch so viel, dass man sich gegenseitig zu schätzen gelernt hatte.

Nadia Caminada hatte mit der Arbeit begonnen, kaum dass die Identität der Toten durch die Papiere, die diese nebst einem Notebook in einer Umhängetasche mitgeführt hatte, bekannt gewesen war. Nadia hatte sich auf Peterellis Anordnung daran gemacht, mehr über das Opfer herauszufinden. Auf der Leinwand des Beamers erschien eine Tabelle, Nadia stellte sich daneben und fasste ihr Wissen vor der überschaubaren Runde zusammen:

»Petra Schmitz wurde am 12. Juni 1992 in München geboren und wurde somit vor neun Tagen dreißig. Sie wohnte bis zu ihrem Tod in München, im Vorort Ismaning. Die Frau hatte keine Vorstrafen, ist auch sonst polizeilich unbekannt und arbeitete als Altenpflegerin im Altersheim Sonnmatt in Ismaning. Das tat sie bereits seit acht Jahren. Im Netz findet man kaum was über sie. Gerade mal vier Einträge, aber einer davon mit Foto.« Nadia machte zwei Schritte nach vorn und drückte einen Knopf auf ihrem Laptop. »Einer beschreibt einen Anlass im Altersheim, als für einen guten

Zweck Weihnachtskekse gebacken und auf dem Markt im Ort verkauft wurden.« Wieder drückte sie auf die Tastatur, ein weiterer Beitrag erschien. »Der andere betrifft eine Velobörse, da wurden wohl alte Fahrräder gesammelt und in den Osten gebracht. Die werden dort in Werkstätten repariert und der lokalen Bevölkerung zu zahlbaren Preisen weiterverkauft. Und der letzte Eintrag: Da handelt es sich um eine Weihnachtsaktion mit dem Namen ›Licht ins Dunkel‹, bei der eine christliche Organisation Geschenke für Kinder und Erwachsene sammelt und ebenfalls nach Osteuropa bringt. Schmitz schien dort über Jahre hinweg aktiv gewesen zu sein, wie ich aus Berichten auf der Seite entnehmen konnte. Und hier, das einzige Bild von der Frau.« Ein Klick ertönte, und auf der Leinwand erschien eine junge Frau, die den Ermittlern im klimatisierten Sitzungsraum freundlich entgegenlachte. Sie hatte braunes Haar, ein glänzendes Steinchen im linken Nasenflügel. Petra Schmitz machte einen bescheidenen, herzlichen Eindruck. Corina kam beim Anblick des Fotos auch das andere Bild von Petra in den Sinn, mit dem verzerrten Antlitz des Todes.

»Was ich auch noch in Erfahrung bringen konnte«, riss Nadia Corina aus ihren Gedanken, »ist, dass sie allein in der Wohnung in Ismaning gemeldet ist. Das Wohnungsamt vor Ort hat mir dies so mitgeteilt. Da wir die Familie zeitnah über den Mord informieren wollten, wissen wir auch, wer ihre Eltern sind und dass Frau Schmitz keine Geschwister hatte.«

»Wer sind die Eltern?« Obermann saß kerzengerade auf seinem Stuhl, er war im Gegensatz zum ebenfalls fast zwei Meter großen Major Peterelli alles andere als schlaksig.

»Es gibt seit der Scheidung der Eltern nur noch die Mutter. Herr Schmitz, der Vater, ist vor vielen Jahren auf und davon. Die Mutter wohnt auf der Insel Sylt, betreibt dort eine kleine Pension. Der Schock, man kann sich's ja vorstellen ... Wir mussten es ihr leider telefonisch mitteilen, da bereits erste Berichte in den Medien in Umlauf waren. Eine vertieftere Befragung war in dem Moment unpassend.«

Peterelli stützte seine langen, dünnen Arme auf die Tischplatte. »Das heißt, wir haben es beim Opfer mit einem Gutmenschen zu tun, Adjutant Caminada? Ich meine, anhand all der Wohltaten zu urteilen.«

»Was auch immer unter Gutmensch zu verstehen ist. Was sicher ist: Petra Schmitz hatte sich für die Menschen in Osteuropa eingesetzt. Vielleicht war sie eine gläubige Christin und tat es deshalb. Was ich von der Mutter in Erfahrung bringen konnte, ist wie gesagt nicht viel. Aber so viel, dass die Tochter keinen Freund hatte, zumindest keinen, von dem die Mutter etwas gewusst hätte. Aber eine beste Freundin hatte sie, eine gewisse Alexandra Händeler, mit der sie diese Zugreise ursprünglich antreten wollte. Sie hatte nämlich, wie ich von der Mutter erfuhr, diese Reise in einem Preisausschreiben in der *Bunten* gewonnen. Die Mutter erzählte, dass ihre Tochter ihr vor lauter Freude über den Gewinn sogar die Gewinnbenachrichtigung per Mail weitergeleitet habe. Der Gewinn habe ihr wohl viel bedeutet, nicht nur die Reise, sondern dass sie endlich ›vom Glück geküsst‹ worden war, so habe sie es formuliert ... und nun? Traurig so was.«

»So ist das Leben manchmal. Habt ihr sie erreicht, diese Frau Händeler meine ich?«, fragte Obermann, der noch immer seine Schirmmütze trug. Wahrscheinlich war ihm seine Glatze peinlich.

»Sie wohnt in München, aber sie geht nicht an ihr Mobiltelefon. Von Schmitz' Mutter habe ich Frau Händelers Arbeitgeber in Erfahrung bringen können, ein Blumenladen in München. Dort hieß es, Frau Händeler habe bis Ende Woche Urlaub genommen, sei mit ihrer besten Freundin auf einer Zugreise in der Schweiz unterwegs.«

»Aber dann ist doch wirklich was faul im Staate Dänemark«, brummte Obermann und zückte sein Mobiltelefon. »Sagt das doch gleich. Ich schicke sofort eine Streife zur Wohnung der Frau.« Er tippte auf seinem Display rum. »BKA Wiesbaden, Oberst Dirk Obermann, geben Sie mir den Dienstchef …« Er gab seine Weisungen unmissverständlich durch, dann blickte er in die Runde. »Spätestens in einer halben Stunde wissen wir mehr. Sie schicken die nächstgelegene Streife zu Händelers Wohnung.«

Bis jetzt hatte Corina nicht viel gesagt. Peterelli wandte sich zu ihr: »Adjutant Costa?«

Corina blickte irritierend lange schweigend in die Runde. »Die schwarze Spinne im Netz, mit der Armbrust auf dem Hinterleib, das passt nicht zu dem, was wir eben von Nadia Caminada über die Tote erfahren haben.«

»Schwarze Spinne, Armbrust?« Obermann blickte sie stirnrunzelnd an.

Kaspersky lehnte sich nach vorn, hob ihren Stift, deutete damit auf ihren Nacken. »Bei der Leichenschau im

Zug entdeckte ich ein Tattoo im Nacken der Toten. Eine schwarze Spinne am Rande eines Netzes. Und richtig gesehen, Frau Costa, mit einer Armbrust auf dem Hinterleib der Spinne, dort, wo die Kreuzspinne ihr Kreuz trägt. Noch sind längst nicht alle Untersuchungen durch, ich fahre nachher direkt in die Forensik, aber die ersten Bilder habe ich auf der Rückfahrt via Laptop bereits in der Datenablage des Servers gespeichert.« Sie blickte zu Nadia.

Diese rief den entsprechenden Ordner auf, und auf der Leinwand erschien gleich das erste Bild. Es zeigte das Tattoo.

»Eine Jugendsünde, wenigstens dort platziert, wo sie mit Haaren verdeckt werden kann. Immerhin kein Arschgeweih«, kommentierte Kaspersky.

»Dafür wäre sie auch zu jung«, wandte Corina ein. »Die Frauen ließen sich das in den späten Neunzigern und um die Jahrtausendwende tätowieren.«

»Na gut, fangen wir mit der Frage nach einem Tatmotiv an. Ich weiß, ich weiß, wir haben noch keinen Überblick über all die Passagiere, erst eine Liste«, sagte Nadia und rief die Liste auf ihrem Notebook auf.

»Ohne Motiv können wir niemanden ausschließen. Nicht mal Sie«, sagte Corina mit Blick zu Obermann, der missbilligend die Augenbraue hob, und ehe Peterelli etwas sagen konnte, fügte Corina an: »Und nicht mal die schreiende Ordensschwester.«

Kaspersky schob ein: »Was wir gesichert wissen, ist, dass das Opfer nicht mit bloßen Händen erwürgt worden ist. Eine Schlinge diente als Mordwerkzeug. Die Tat muss demnach geplant gewesen sein.«

Corina nickte, sodass ihre schräge Lockenfrisur in Bewegung kam. »Genau, da müssen wir ansetzen. Denn wenn es geplant war, wieso in einem Zug? Es gäbe weiß Gott tausend bessere Orte für einen Mord, Orte, von denen man nach der Tat unerkannt wieder verschwinden könnte. In unserem Fall haben wir aber den Namen mit Sicherheit auf unserer schwarzen Liste. Also nochmals: Wieso musste Petra Schmitz am höchsten Punkt im Bernina Express sterben?«

Peterelli entgegnete: »Möglicherweise war der Täter nicht so schlau, wie wir annehmen, oder war es doch eine Tat im Affekt? Aber eine Verbindung muss die Täterschaft zur Toten gehabt haben. Irgendeine.«

»Das hingegen ist nur eine Vermutung«, erwiderte Kaspersky. »Es gibt nicht wenige sogenannte Zufallsopfer. Wäre Frau Schmitz tatsächlich zu solch einem geworden, wird sich die Aufklärung noch viel schwieriger gestalten als ohnehin schon. Da kämen wir nur über die Pathologie des Täterprofils drauf, außer er hat DNA-Spuren hinterlassen.«

Corina nickte. »Das führt uns zum ersten Punkt zurück: Alle auf der schwarzen Liste könnten der Mörder oder die Mörderin sein. Wir haben jeden Passagier durchsucht, bevor wir ihn oder sie registriert und eine DNA-Probe entnommen haben. Wir haben Rucksäcke, Taschen, Kleidung unter die Lupe genommen. Niemand trug etwas auf sich, das als Tatwaffe gepasst hätte, und wie wir wissen, lässt sich im gesamten Zug kein Fenster öffnen.«

»Dann ist der Strick, oder was auch immer es war, wahrscheinlich noch irgendwo im Zug. Mein Team ist bereits am Werk. Wir nehmen bald alle sechs Wagen auseinander«, fügte Kaspersky an.

Nadia nahm einen Schluck Wasser. »Der Fall ist rätselhaft und grauenhaft in einem, egal, ob man nun davon ausgeht, dass die Tat geplant war oder dass Frau Schmitz zu einem Zufallsopfer geworden ist. Ich persönlich vermute, dass es ein Akt der Rache war.«

Corina, die sich nie Notizen machte, brachte sich ein: »Da gebe ich dir recht. Wut oder gar Hass spielt meiner Meinung nach bei der Tat eine, wahrscheinlich sogar die entscheidende Rolle, möglicherweise war es aber auch Angst, und der Mord erlöste die Täterschaft von dieser.«

»Angst?« Peterelli kniff seine zu nahe beisammenstehenden Augen für einen Moment zu Schlitzen zusammen.

Corina blickte ihn einige Sekunden schweigend an, als suche sie nach den richtigen Worten. »Möglicherweise wurde sie aus Angst, vor was auch immer, zum Schweigen gebracht.«

Obermann machte sich noch größer. »Frau Costa, ich schlage vor, wir beide durchsuchen morgen gemeinsam als Erstes die Wohnung der Toten. München ist ja nur drei Fahrstunden von Chur entfernt. Und während wir dies tun, könnte Frau Caminada das Screening aller Passagiere weiter vorantreiben, und wer weiß, vielleicht haben wir morgen im Verlauf des Tages auch noch ausgewertetes DNA-Spurenmaterial auf dem Tisch liegen.«

Der Mann redet so großspurig, als wäre er Angel und Drehscheibe in einem, dachte Corina und war von seinem Vorschlag nicht sonderlich angetan, doch sie sagte nichts.

Kaspersky antwortete trocken: »Zwei, drei Tage wird es wohl noch dauern, bis wir alle Daten der Forensik ausgewertet haben, auch wenn wir unter Hochdruck arbeiten.«

Peterelli nahm die Kanne Kaffee entgegen, die eben gebracht worden war, und schenkte allen in die Pappbecher ein, während er sagte: »Adjutant Costa, fahren Sie morgen nach München, gehen Sie mit Oberst Obermann auf Spurensuche. Ich denke, das ist vonnöten, um im Fall weiterzukommen. Die Medien werden dranbleiben, es ist ja schon groß die Rede vom ›Todeszug der Schweizer Berge‹.«

Corina sagte nichts, trank Kaffee, als hätte niemand mit ihr geredet.

»Frau Costa, haben Sie meine Weisung verstanden?«, echauffierte sich Peterelli.

Corina blickte ihn an. »Ich habe überlegt, dass dies wohl mehr als einen Tag dauern könnte, und meine Geißen und die Hühner, alle meine Tiere wollen umsorgt sein in dieser Zeit. Außerdem waren die Wölfe gestern Nacht in der Flanke oberhalb meines Hofs unterwegs. Meine Tiere spüren, wenn die Hirtin fort ist, und das ist nicht gut, nicht wenn die Wölfe nah sind. Vielleicht findet sich jemand Geeigneteres?«

Peterelli schien keine Antwort darauf zu wissen, zuckte bloß mit den Schultern, sodass Obermann wieder das Wort ergriff.

»Frau Costa, wir fahren erst morgen um neun Uhr los, oder von mir aus auch etwas später. So sollten Sie genügend Zeit haben, um das zu regeln, ja?« Da sie keine Regung zeigte, fuhr er fort: »Meine Frau und ich machen Urlaub in Bad Ragaz, sind im Quellenhof abgestiegen. Dort steht auch mein Wagen. Sagen Sie mir, wann und wo soll ich Sie morgen Früh in Chur abholen?«

»Ich komme mit dem ersten Morgenzug, da ich wie gesagt keinen Führerschein und somit logischerweise auch keinen Wagen besitze. Ich werde um neun Uhr dreißig beim Bahnhof in Chur sein.«

»Einverstanden. Geben Sie mir doch bitte noch die Nummer Ihres Diensthandys.«

»Die weiß ich nicht auswendig, denn ich rufe mich nie an.« Corina blickte fragend zu Peterelli. »Haben Sie mich eingespeichert?«

Der seufzte. »Ja, aber was nützt das? Ihr Diensthandy haben Sie ja auch jetzt nicht dabei.«

Obermanns Telefon klingelte. »Oberst Obermann … aha, das ging ja fix. Gut. Geben Sie mir eine Sekunde … bleiben Sie dran.« Er drückte die Mute-Taste und blickte in die Runde. »Eine Streife war in unmittelbarer Nähe der Wohnung von Frau Händeler. Sie machte nicht auf, aber ihr Handy klingelte in der Wohnung. Da stimmt was nicht. Ich lasse die Tür öffnen.« Ohne eine Antwort der anderen abzuwarten, hob er wieder sein Handy ans Ohr. »Holt Verstärkung, lasst die Tür aufschließen oder aufbrechen. Vielleicht gibt's ja einen Hausmeister.« Er schien gerade auflegen zu wollen. »Ach was? Dann rufen Sie mich gleich mit FaceTime nochmals an. Gut. Ich lege jetzt auf.« Er blickte wichtigtuerisch in die Runde und sagte in einem geheimnisvollen Ton: »Die Tür war unverschlossen, die beiden Beamten gehen jetzt rein, und wir können es auf dem großen Display meines Handys live mitverfolgen. Da stimmt nämlich was nicht, da bin ich mir ganz sicher.«

Die Verbindung wurde hergestellt. Obermann hatte sein Handy so positioniert, dass alle es gut sehen konnten.

Die Haustür, die etwa zwanzig Zentimeter offen stand, wurde langsam nach innen aufgeschoben. Die Jalousien in der Wohnung mussten gekippt sein, denn ein entsprechendes Lichtschattenmuster lag auf dem Boden des Flurs, als die beiden Beamten die Wohnung betraten. Der Vordermann trug seine Waffe im Anschlag, während sein Hintermann, mit dem Handy filmte.

Im schmalen Flur, in den durch die offen stehende Tür der kleinen Küche das gefächerte Licht der tief stehenden Abendsonne fiel, war nichts Auffälliges zu erkennen. Auch die Küche war aufgeräumt. Niemand war drin. Der Kameramann kommentierte: »In der Wohnung riecht es stark nach Erbrochenem. Wir gehen weiter rein.«

Auch im Schlafzimmer, das auf derselben Seite lag wie die Küche, waren die Jalousien gekippt und warfen ein gefächertes Muster auf ein durchwühltes Bett. »Nichts«, sagte der Beamte ins Mikrophon und machte sich seinem Kollegen hinterher auf den Weg ins Wohnzimmer.

Die Spannung stieg, sie war bis in den klimatisierten Sitzungsraum in Chur zu spüren. Das Wohnzimmer lag auf der rechten Seite, und auf dem Sofa lag eine Frau, bewegungslos, zugedeckt vom Lichtschattenmuster der Jalousien.

Der Vordermann steckte sofort seine Waffe ein und trat zu der Frau. Er zog seine schwarzen Lederhandschuhe aus und dünne blaue Gummihandschuhe über.

Als Erstes überprüfte er die Lebenszeichen der Frau, dann drehte er sein Gesicht der Kamera zu. »Die ist tot, wie es der erste Anschein vermuten ließ. Was immer mit ihr geschah, es musste am Ende sehr übel gewesen sein. Sie ist gewiss erst seit wenigen Stunden tot, noch keine Leichenstarre, und der Körper ist noch etwas warm.«

»Sucht nach einem Ausweis und vergleicht das Foto mit der Toten«, befahl Obermann.

Es waren zwei erfahrene Beamte, die wussten, wo sie zu suchen hatten, und so dauerte es keine zwei Minuten, bis es der Personalausweis belegte: Die Tote war Alexandra Händeler.

Obermann befahl: »Holt Verstärkung, alarmiert das übliche Aufgebot.« Er lehnte sich im Stuhl zurück, nachdem er aufgelegt hatte. Sein Gesichtsausdruck verriet es: Er war überrascht, wie alle im Raum.

Corina, die meist geschwiegen hatte, war die Erste, die Worte fand: »Das wirft ein völlig anderes Bild auf den Fall. Das war nicht bloß ein spontaner Mord im Zug. Da steckt weit mehr dahinter.«

Obermann hatte sich gefangen, sein stilles Erstaunen schien sogleich verflogen. »Nun, Frau Costa, wir werden auch diesen Fall gleich morgen in der Früh untersuchen müssen, bis dahin wird sich sowohl die Spurensicherung als auch der Hintergrunddienst vom BKA München des Falls annehmen. Ich werde gleich nach dieser Besprechung alles Nötige veranlassen.« Dann blickte er zu Peterelli. »Es wäre gut, wenn wir uns die Datenlage gegenseitig zur Verfügung stellen könnten.«

Corina war von der bevorstehenden gemeinsamen Fahrt und den Ermittlungen mit Obermann nicht gerade begeistert. So hatte sie sich die Sommersonnenwende nicht vorgestellt. In der tief stehenden Abendsonne in München eine Leiche auf einem Sofa zu sehen, statt den Tag mit ihrem Murmeltier auf einer Bergwanderung zu verbringen, das unterschied sich doch erheblich.

Corina, Nadia Caminada und Dr. Kaspersky verließen die Besprechung, Obermann blieb mit Peterelli zurück. Chefsache, wie die beiden betonten.

Es war bereits nach einundzwanzig Uhr, als die drei Frauen auf den noch warmen Betonvorplatz des Kommandos traten und ein paar Worte wechselten, ehe sich jede auf den Heimweg machte.

Die letzte Zugverbindung, zwar nicht nach Pontresina, aber immerhin nach Samedan war 20:56 Uhr gewesen. Deshalb fuhr eine Kollegin vom Bereitschaftsdienst Corina die eineinhalbstündige Fahrt ins Engadin nach Pontresina zurück.

Auf dem Weg blickte Corina gedankenverloren aus dem Fenster. Die letzten Sonnenstrahlen kletterten zu den höchsten Bergspitzen, verharrten dort, bis das Himmelslicht im Westen versank und nur noch einen rosa, dann immer dunkler werdenden violetten Streifen hinterließ.

Corina bedankte sich beim Aussteigen in Pontresina bei der Fahrerin und machte sich zu Fuß auf den restlichen Heimweg. Grillen zirpten, während sie in der Dunkelheit zu ihrem kleinen Hof hochlief. Sie blieb unterwegs stehen, warf einen Blick Richtung Berninapass, dahin, wo am höchsten Punkt der Strecke vor wenigen Stunden eine junge Frau ihr Leben hatte lassen müssen. Corina war sich sicher, dass das kein Zufall war, der Täter hatte damit ein Zeichen setzen wollen. Doch nun war noch eine weitere junge Frau tot, die beste Freundin des ersten Opfers. Die Bilder von der Toten auf dem Sofa im Licht der untergehenden Sonne, die durch die Jalousien des Wohnzimmerfensters drückte, stimmten Corina traurig, doch zugleich auch kämpferisch. Sie würde sich anstrengen, die Fälle schnell aufzuklären.

Aber es machte ihr ein wenig Bauchweh, morgen nach München fahren zu müssen. Die Vorstellung, im Dschungel einer Großstadt weitab ihrer geliebten Berge zu sein, gefiel ihr ganz und gar nicht. Noch dazu mit diesem Obermann, der glaubte, er hätte die Weisheit mit einer Schöpfkelle gefressen.

Endlich sah sie schemenhaft ihren Hof über sich im Hang, mit den drei Lärchen auf der Rückseite, die sich in der anbrechenden Nacht abhoben.

Als Corina an den Zaun trat, der ihre Weide und den kleinen Hof umschloss, kamen aus der Dunkelheit die Geißen angelaufen. Und sogar Fred und Giatta zeigten sich. Sie trat durchs Gatter ein, die Tiere umringten sie. Sie redete auf Romanisch mit ihnen, streichelte und tätschelte sie. Giatta miaute, und Fred pfiff grell. Nur die Giallinas hockten bereits im Hühnerstall auf ihren Stangen und schliefen.

Corina setzte sich auf den großen Stein auf der Weide, die Tiere scharten sich um sie wie um eine gute Hirtin. Danach molk sie im Schein einer Petroleumlampe die Geißen, trank dabei direkt die warme Milch aus dem Kessel, ehe sie die Tiere in den Stall brachte. Auch Fred vergaß sie nicht, sie steckte ihm Gräser zu, die sie auf dem Weg durch die Weide für ihn gesammelt hatte, und verschwand danach mit ihm und Giatta im Haus.

Drinnen legte sie die Waffe ab, entfernte die Klett-Beschriftungen POLICE von ihrem Shirt, dann feuerte sie den gusseisernen Herd ein. Der Geruch von Rauch breitete sich aus, die Späne brannten lichterloh und knisterten gemütlich, als sie die Feuerungsklappe schloss. Mit einer dampfenden Tasse Tee setzte sie sich im Dunkeln kurz nach dreiundzwanzig Uhr auf die Veranda. Giatta und Fred folgten ihr auf Schritt und Tritt. Vor dem Aufstieg zu ihrem kleinen Hof war sie noch bei der Bäuerin Brida Camenzind vorbeigegangen, hatte sie gebeten, sich ab morgen um die Tiere zu kümmern, bis sie aus München zurück wäre. Sie solle bitte die Wölfe nicht außer Acht lassen.

Auch wenn Corina die Sommersonnenwende für einmal nicht in der Natur erleben konnte, so nahm sie dennoch wie jedes Jahr ihren Rucksack hervor, legte ein paar Holzscheite rein, die sie zuvor dünner gespalten hatte, und machte sich barfuß und allein auf den Weg den Berg hinauf. Mit im Gepäck trug sie wie immer für solch besondere Momente ihre kleine Trommel.

Kurz vor Mitternacht erreichte sie eine der lichten Anhöhen und entfachte ein kleines Höhenfeuer. Der Widerschein warf sein orangegelbes Licht auf ihr gebräuntes Gesicht und ließ die Schatten darauf tanzen. In Corinas Augen lag Liebe, Liebe für das Leben, für die Mutter Erde und auch Traurigkeit wegen der beiden toten jungen Frauen.

In Gedanken versunken stand die Berglerin beim Feuer, Funken flogen in die Nacht. Erst kaum hörbar, dann immer lauter begann Corina ein Lied zu singen, ein Volkslied aus dem hohen und ebenso weiten Norden. Dahin war sie damals mit ihrer Mutter gereist. Sie sang das Lied »Tròdlabùndin«. Leise schlug sie dazu die kleine Trommel. In diesem Lied steckte so viel Kraft, Einsamkeit und Ehrlichkeit in einem. Ein Lied, das man riechen, schmecken und darin leben konnte. In diesen Momenten vergaß sie alles um sich, die Last des Alltags wurde gelöst und flog mit den Funken des Feuers in die Nacht. Und während sie mit ihrer warmen und hellen Stimme dieses Lied zum Leben erweckte, schwebte sie mit der Melodie über die Nachtschatten der Bergweiden, wurde zu Felsgestein, zu Alpenrosen, zum Himmel, zu den Lärchen und zu den Tieren im Wald, immer auf der Suche nach ihrer Mutter.

Später trank sie Tee aus ihrer Thermosflasche, nur noch die Glut leuchtete dunkelrot, als Corina weit nach Mitternacht wieder aufbrach. Noch immer barfuß schritt sie durch die nun taufeuchten Alpweiden. Weiter unten sah sie die dunklen, kantigen Körper von ruhenden Kühen. Nur hin und wieder läutete eine der Glocken, wenn eine der Kühe ihren schweren Grind bewegte.

Daheim im Hof schlief Corina behütet von den drei Lärchen bald ein. Giatta und Fred hatten sich auf dem großen Sessel neben dem Bett zusammengerollt, als wüssten sie, dass Corina am nächsten Abend nicht heimkehren würde.

5

Am nächsten Morgen um Punkt neun Uhr dreißig fuhren Dirk Obermann und Corina Costa los. Es war Mittwoch und ein ebenso strahlend schöner Sommertag wie tags zuvor.

Corina hatte während der Zugfahrt nach Chur mit Nadia Caminada und Dr. Kaspersky telefoniert. Das in der Tasche des Opfers gefundene Notebook und Handy waren in der IT-Forensik, denn beide Geräte waren passwortgeschützt. Nadia versprach, weitere Hintergrundinformationen zu den Passagieren zu beschaffen. Kaspersky ihrerseits blieb an den DNA-Auswertungen dran, parallel nahm ihr Team am Güterbahnhof alle sechs Panoramawagen unter die Lupe. Dass am Vortag auch Petras beste Freundin starb, warf ein völlig neues Licht auf den Mord im Bernina Express. Noch konnte niemand sich einen Reim darauf machen, doch eines schien gewiss: Die Fälle würden nicht einfach aufzuklären sein.

Obermann hatte in seinem Wagen vor dem Bahnhof in Chur auf Corina gewartet. Sie nahm in Obermanns dunklem BMW der 7er-Reihe Platz, nachdem sie ihren Rucksack auf den Hintersitz gelegt hatte. Im Auto roch es nach Leder. Sie hatte ausnahmsweise sogar das Ladekabel ihres Handys eingepackt.

Kaum hatte sie die massive Beifahrertür zugezogen, schirmte die schwere Limousine sie von außen ab, die

Geräusche drangen nur noch gedämpft in den Wagen, es war kühl im Innern, als hätte Corina auch den Sommer ausgesperrt.

»Wir werden um kurz vor eins ankommen«, sagte Obermann mit einem Blick auf das Navi, das so groß war wie ein Fernseher.

Corina musste sich zusammenreißen, vor allem weil sie mit dem Kerl nun über drei Stunden in dessen Wagen nach München fahren musste, und das von seiner Wolke Kölnisch Wasser umnebelt. An diesem Tag sah er nicht mehr aus wie ein Tourist, sondern wie ein Beamter. Er trug eine dunkelblaue Buntfalten-Stoffhose und ein hellblaues Hemd, dessen Ärmel er hochgekrempelt hatte. Ohne seine Schirmmütze schien er jedoch nie anzutreffen zu sein.

Obermann riss Corina aus ihren Gedanken und sagte: »Meine Frau Heidrun genießt das Hotel nun ohne mich, wer kann's ihr verübeln?« Er lachte zum ersten Mal. »Aber nun zum Fall: In der Früh haben mich die ersten Berichte der Forensik aus München erreicht. Im Falle der Alexandra Händeler deutet alles auf eine Vergiftung hin. Der detaillierte toxikologische Bericht steht zwar noch aus, aber Tod durch Gift ist sicher. Es drängen sich mir natürlich die folgenden Fragen auf: Wieso wurde sie vergiftet, von wem und womit? Auch, dass beide Freundinnen gestern fast zur selben Zeit starben, muss einen Grund haben.«

Corina hörte zu, sagte aber nichts, während sie auf der A13 durchs St. Galler Rheintal Richtung Bodensee fuhren.

Während der Fahrt klingelte andauernd Obermanns

Telefon, und er führte einige Gespräche. Corina war das nur recht. So konnte sie ungestört ihren Gedanken nachgehen. Dabei türmten sich Fragen auf wie die Steinmännchen, die sie im Gebirge hin und wieder geduldig baute. Was hatten die beiden Frauen gemeinsam? Wem waren sie in die Quere gekommen? Und weil die beiden Fälle so rätselhaft erschienen, schärften sich Corinas Sinne zunehmend.

Irgendwann während der Fahrt waren die Berge verschwunden und sanften Hügeln gewichen, als hätten Riesenmaulwürfe hier ihr zu Hause. Dann glättete sich das Land zusehends. Diese Orientierungslosigkeit machte Corina zu schaffen.

München war noch größer, als Corina befürchtet hatte, doch Obermann schien sich im Häuserwirrwarr pudelwohl zu fühlen. Er schwatzte laut in die Freisprechanlage, als säße er allein im Wagen, und gleichzeitig dirigierte er die schwarze tonnenschwere Limousine durch das Meer von Autos, Straßen, Beton und Straßenschildern, bis sie von der Einfahrt einer Tiefgarage verschluckt wurden.

Im Polizeipräsidium München erhielten sie die notwendigen Papiere für die Hausdurchsuchung von Petra Schmitz' Wohnung. Ein Mitarbeiter des technischen Dienstes folgte ihnen nach Ismaning. Corina wunderte sich, warum Obermann unbedingt als Erster die Wohnung durchsuchen wollte.

Dort angekommen öffnete der junge Mann mit wenigen Handgriffen die Tür zur Wohnung, die sich im vierten Stock in einem unscheinbaren Mehrfamilienhaus befand, das wiederum am Rande einer weitflächigen Wiese stand. Ihnen war der verdunkelte Kleinbus der Forensik gefolgt, um die Wohnung auf Spuren hin zu untersuchen.

Petra Schmitz war ordentlich gewesen, sehr sogar. Von den Kleiderschränken bis zu denen in der Küche herrschte makellose Ordnung, stellte Corina bei einem ersten Augenschein fest.

Die Wohnung selbst wirkte bescheiden, war aber schick eingerichtet. Die Möbel schienen allesamt von IKEA zu stammen. Es war des Weiteren nicht zu übersehen, dass Schmitz Farben mochte. So waren die verschiedenfarbigen Tapeten in jedem Raum zu erklären, auf die die Möbel und Vorhänge im jeweiligen Zimmer abgestimmt waren. Daher rührten wohl auch die kunterbunten Fingernägel.

Corina und Obermann verschafften sich erst einen groben Überblick, dann mussten sie die Spurensicherung ans Werk lassen, die bisher mit ihrem Einsatz gewartet hatte, weil Obermann diesen am Vorabend nicht als dringlich eingestuft hatte, dies wohl vor allem deshalb, weil er selbst die Wohnung als Erster betreten wollte. Denn es gibt, wie er nun auf Corinas Nachfragen hin antwortete, keine zweite Chance für den ersten Eindruck. Das mit Händelers Wohnung lag gestern natürlich anders, sie wussten ja nicht, in welchem Zustand sich die Gesuchte befand, ob sie Hilfe benötigte.

Während sich die Spurensicherung Petras Wohnung vornahm, fuhren Obermann und Corina die zehn Kilometer zurück nach München in die Heidemannstraße. Händelers Wohnung lag direkt neben einer Kfz-Werkstatt, auf deren schäbigem Vorplatz viele Occasionen standen. Alexandra wohnte im zweiten Obergeschoß eines renovierungsbedürftigen Mehrfamilienhauses.

Die Tote war gestern im Laufe des Abends abgeholt worden, sagte Obermann, und die Spuren der Forensiker waren noch allgegenwärtig. Noch immer roch es in der Wohnung nach Erbrochenem und auch nach Luminol. Mithilfe dieser Flüssigkeit konnten unter Blaulicht auch die winzigsten Blutspritzer sichtbar gemacht werden. Auch Pulverrückstände von der Abnahme von Fingerabdrücken waren noch hie und da zu finden. Der Müll war ebenso wie der Laptop, das Handy und sämtliche Kleidung bereits mitgenommen worden, genauso jeglicher Papierkram.

Da Alexandras Handy mittels Fingerabdruckerkennung entsperrt werden konnte, lag bereits die Anrufliste vor. Diese und sämtliche anderen Daten auf dem Handy der Toten waren mittlerweile auf einen entsprechenden Server kopiert worden. IT-Spezialisten waren nun daran, den Inhalt zu sichten und zu bewerten, wie Obermann erklärte, während sie durch die kleine Wohnung gingen. Er hielt kurz inne, rief auf seinem Handy das Dokument mit Alexandras Anrufliste auf, um sie mit Corina zu besprechen, anschließend lasen sie auch den neusten WhatsApp-Chatverlauf zwischen Alexandra Händeler und Petra Schmitz.

Es zeigte sich, dass Alexandra mehrmals in den letzten Tagen mit Petra telefoniert hatte, sogar während diese im Bernina Express saß. Weiter stellten sie anhand des Chatverlaufes fest, dass Händeler sich in der Nacht von Montag auf Dienstag, also in der Nacht vor der Abreise, plötzlich schlecht gefühlt haben musste, sich bei Petra über eine Magen-Darm-Grippe beklagt hatte, sie orakelte, ob die Pizza mit Meeresfrüchten vom Abend zuvor vielleicht nicht in Ordnung gewesen war. Der Kontakt der beiden riss kurz vor Schmitz' Tod ab, endete mit einer Nachricht von Alexandra an Petra:

Genieß die Fahrt, Liebe, und mach dir ja keinen Kopf, ich komme klar. Wir hören uns. 😘

Obermann ließ derweil keine Zweifel darüber aufkommen, wer hier in Deutschland, was diesen Fall betraf, das Sagen hatte. »Also, Frau Costa, holen wir Informationen aus Händelers direkter Nachbarschaft.«

Corina folgte ihm aus der Wohnung ins Treppenhaus. Sie klingelten an mehreren Türen im vierstöckigen Wohnblock, doch man kannte sich hier höchstens vom Sehen, wenn man sich hin und wieder im Treppenhaus begegnete, bekamen sie zu hören. Niemand wusste etwas über Alexandra Händeler zu berichten.

Corina erreichte beim Verlassen des Wohnblocks ein Anruf aus der Schweiz. Erst begriff sie gar nicht, dass ihr Handy klingelte, sodass Obermann sie darauf aufmerksam machen musste. Sie kramte es etwas umständlich aus ihrer Umhängetasche hervor.

»Allegra.«

Die IT-Forensik aus Chur war in der Leitung. Die Informatikerin teilte ihr mit, dass Schmitz' Handy und Notebook perfekt geschützt seien, hochgradig verschlüsselt, sie komme unmöglich an die Daten. Gesichtserkennung und Fingerprint funktionierten ebenfalls nicht, seien nicht aktiviert worden.

Dies war kein neues Phänomen, mit dem sich Ermittler rumschlagen mussten. Manche hundsgewöhnlichen User schützten heutzutage mittels Assistenten ihre Telefone, sodass kein Geheimdienst der Welt mehr so einfach an ihre Daten kam. So wohl auch in diesem Fall.

»Immerhin haben wir den gesamten Chatverlauf zwischen den zwei Opfern erhalten«, sagte Corina optimistisch, obwohl ihr der ganze Fall immer rätselhafter schien. Sie hatte sich auf der Fahrt nach München die Sitzordnung im Bernina Express genauer angeschaut. Da nicht alle Reisenden gegenseitig bestätigen konnten, dass keiner von ihnen kurz vor dem Hospiz das Abteil verlassen hatte, blieben noch immer fünfunddreißig Fahrgäste übrig, die als Täter in Frage kamen. Doch alle diese potenziell Verdächtigen waren mittlerweile weit verstreut. Sie kamen aus Deutschland, Holland, Frankreich, Italien, Japan, Kroatien und der Schweiz. Und von denen ließ sich niemand aus dem Kreis der Verdächtigen ausschließen, auch nicht, wenn dieser jemand von weit her kam, denn in Zeiten globaler Digitalisierung stellte sich ein Beziehungsnetz anders dar als früher. Aber Corinas Bauch sagte ihr, dass sie einen Weg finden würde, um der Täterschaft habhaft zu werden.

»Wir bleiben an dem Fall dran«, sagte die IT-Spezialistin selbstbewusst. »Wir werden irgendwie an die Daten kommen. Eine Frage der Zeit. Du hörst wieder von mir.«

Als Corina mit Obermann in die brütende Sonne trat, beendete auch er ein Telefonat, das er soeben geführt hatte.

»Also, Frau Costa, wie Petra Schmitz ist auch diese Alexandra Händeler ein unbeschriebenes Blatt – polizeilich gesehen. Was das Toxikologische Institut in München mir soeben mitteilen konnte, ist, dass die Frau im Laufe des vorgestrigen Abends mit einem sehr potenten Gift in Berührung gekommen sein muss. Eine schwere Lebensmittelvergiftung ist somit ausgeschlossen, denn eine besonders heimtückische Art von Zellgift, das innert vierundzwanzig Stunden den Körper zerstört, war der Grund für ihr Ableben.«

»Das passt wahrhaftig ins Bild«, sagte Corina in Bezug auf den Chat- und Telefonanrufverlauf, den sie zuvor angeschaut hatten. »Händeler rief Schmitz sogar um drei Uhr in der Nacht an, wie wir auf der Liste sehen konnten. Der Anruf dauerte nur wenige Minuten, was auch passt. Und am nächsten Morgen, Schmitz reiste ja mit dem Frühzug Richtung Chur los, damit sie um halb neun den Bernina erwischte, wünschte Händeler ihr noch eine gute Reise per WhatsApp. Die beiden telefonierten danach noch zwei Mal, das letzte Mal kurz vor dem Mord an Schmitz. Händeler schien da noch nicht geahnt zu haben, dass sie selbst bald sterben würde. Das Ganze bleibt so oder so kurios.«

»Kurios? Sie meinen seltsam?«, hakte Obermann nach.

»Ja, in die Richtung. Warum sollte jemand am selben Tag zwei junge Frauen auf zwei so unterschiedliche Arten und an zwei so unterschiedlichen Orten umbringen? Die Opfer müssen eine gemeinsame Verbindung zum Täter haben, etwas Entscheidendes muss da sein, was das Motiv der Mordtat erklärt.«

»Frau Costa, da gebe ich Ihnen recht.«

»Weiß man schon, was diese Händeler beruflich und privat alles so tat? Sie haben doch gestern gesagt, dass

Ihre Leute vom BKA die Nacht hindurch recherchieren würden?«

»Händeler arbeitete, wie wir von Schmitz' Mutter wissen, als Floristin. Ihre scheinbar gut situierten Eltern haben meine Leute erst gestern Abend spät erreicht. Die waren an einem Anlass mit dem Hamburger Bürgermeister gewesen. Händeler stammt auch aus der Hansestadt und ist erst vor einigen Monaten hierher nach München gezogen.«

»Sie sagen ihre Eltern seien gut situiert? Inwiefern?«

»Ja, Karl-Heinz und Elfriede Händeler-Hanselmann, sie besitzen die renommierte Medien- und Verlagsgruppe Hanselmann. Zu der Gruppe gehören namhafte Zeitungen, Radio- und TV-Kanäle.«

»Und die Tochter lebte als Floristin in so einem heruntergekommenen Wohnblock? Das wundert mich jetzt aber sehr. Außer das Töchterlein hat sich vom Elternhaus abgekehrt. Weiß man darüber was?«

»Nein. Ich weiß, dass die Eltern sich äußerst bestürzt und dennoch gefasst gezeigt haben, als Beamte aus Hamburg sie letzte Nacht über den Tod ihrer einzigen Tochter informiert haben.«

»Wieso geben Sie mir diese wichtigen Informationen erst auf mein Nachfragen hin? Und erst nachdem wir die Wohnung wieder verlassen haben? Das wissen Sie bestimmt schon länger.«

»Ja, ich weiß das seit Mitternacht, aber Sie wollen sich doch immer erst selbst ein Bild vom Tatort machen!« Er blickte sie schnippisch an. »Diese Informationen hätten Sie die Wohnung womöglich nicht unvoreingenommen betreten lassen.«

Corina sagte nichts zu der seltsamen Retourkutsche, fragte lieber: »Was gibt es noch über die Frau zu berichten?«

»Alexandra Händeler lebte allein und war in keiner festen Beziehung. Ich habe dem Hintergrunddienst den Befehl erteilt, noch mehr über sie herauszufinden – Bankkonto, heimliche Beziehungen, das Übliche halt. Auch über das einflussreiche Elternhaus. Meine Leute sind dran, aber wir müssen noch etwas Geduld haben.«

»Vielleicht waren die beiden jungen Frauen ein Paar?«

»Möglich, aber das würde den Fall nicht einfacher machen.«

»Stimmt. Außerdem müssen wir davon ausgehen, dass beide Fälle von langer Hand geplant worden waren. Des Weiteren schien den beiden eine Karriere nicht wichtig gewesen zu sein. Bei Schmitz zeigt sich außerdem das Bild einer jungen Frau, die sich für Betagte eingesetzt und Freiwilligenarbeit geleistet hatte. Möglicherweise finden wir hier weitere Ansätze. Fragen wir doch mal im Altersheim nach.«

Obermann fand es zum aktuellen Zeitpunkt nicht nötig, im Altersheim nach Hintergründen zur Person Schmitz zu fragen, aber er lud Corina vor dem Sonnmatt aus und versprach, sie auf Abruf wieder abzuholen. Spöttisch sagte er: »Sie haben ja jetzt ein Telefon. Sie müssen es bloß benutzen.«

Corina wurde im Sonnmatt von der Pflegedienstleiterin freundlich empfangen. In einem kleinen Büro, das mit Papierkram überfüllt war, nahmen sie Platz.

Petra Schmitz sei eine langjährige und sehr liebenswerte Pflegefachfrau gewesen und hätte sich wie die gute Seele des Hauses sehr um die Betagten im Heim gekümmert. Einfach nur furchtbar und unfassbar sei es, dass sie nicht mehr sein soll, meinte die Mittfünfzigerin sichtlich betroffen.

Konflikte habe es keine gegeben, bekam Corina zu hören, auch aus dem privaten Umfeld der Kollegin sei nichts in der Art bekannt gewesen. Petra sei eine liebe Person gewesen, bei der Gerechtigkeit an oberster Stelle gestanden habe.

Einzig etwas ließ Corina aufhorchen: Schmitz arbeitete nur zu fünfzig Prozent. Der Grund dafür interessierte sie, denn sie war sich sicher, dass auch in Deutschland keine angemessen guten Löhne für Pflegende gezahlt wurden.

Die Pflegedienstleiterin wuschelte sich durch die grau melierten Locken. »Das war einzig und allein Petras Wunsch gewesen. Lassen Sie mich überlegen. Vor drei Jahren hat sie das Pensum um die Hälfte reduziert, zum Leidwesen vieler hier. Mehr weiß ich nicht.«

Die Pflegedienstleiterin verabschiedete sich am Eingang von Corina und sagte: »Es tut mir leid, dass ich Ihnen nicht weiterhelfen konnte.« Die Sonne brannte auf den Vorplatz, auf dem leere hölzerne Blumentröge standen.

Corina sah dies anders. Sie fragte sich, aus welchem Grund Schmitz ihr Pensum halbiert hatte. War es, um nebenbei noch ehrenamtlich für das Hilfswerk arbeiten zu können? Oder was tat sie in dieser freien Zeit? Das galt es herauszufinden.

Auf der Straße vor dem Altersheim Sonnmatt blickte sich die Fahnderin um. Sie hatte jegliche Orientierung verloren, nicht mal der nachmittägliche Sonnenstand zeigte ihr die Himmelsrichtungen an, weil die Berge ihr zur Orientierung fehlten. Zu Hause im Engadin, da konnte sie im wildesten Gebirge, im abgeschiedensten Tal und in stockdickem Nebel immer einen Weg ins Tal finden – aber hier, am Rande der Millionenstadt fühlte sie sich orientierungslos.

Sie wollte Obermann anrufen, doch das Display ihres Handys blieb dunkel. Es blieb ihr nichts anderes übrig, als zurück ins Sonnmatt zu gehen und darum zu bitten, dass sie im Polizeipräsidium München anrufen dürfe, damit man sie abholt.

Obermann kam eine halbe Stunde später angefahren. Er lachte ein tiefes, aber warmes Lachen und anerbot sich, Corinas Handy anzuschauen, bei dem der Akku leer war. Auf diese freundliche Art hatte sie den ansonsten ernsten Mann noch nicht erlebt. Sonst trug er immer eine Miene, als stände er auf dem Exerzierplatz vor einer Ansammlung strammer Soldaten.

Oberst Obermann drängte mit seiner dunklen Limousine durch München, als wäre er der König von Bayern. Wie ein Pflug, dachte Corina. Sie hingegen bekam in der ganzen Hektik in den teils mehrspurigen Straßen der Innenstadt einen sturmen Kopf.

Das Erscheinen der Berglerin erweckte Neugier im Präsidium. Corina, die schlichte und legere Kleidung trug und einen Hauch der Siebziger ausstrahlte, wurde allseits freundlich begrüßt. Sie lernte die Leute der Spurensicherung, des Erkennungsdienstes und auch Dr. Klaus Habermann, den Forensiker und Leichenbeschauer, kennen. Ganz im Gegensatz zu Dr. Kaspersky war Habermann ein Witzknollen. Dem pausbäckigen Fünfzigjährigen stand der Schalk buchstäblich ins Gesicht geschrieben, das seine positive Strahlkraft auch dann nicht verlor, als er auf die tote Händeler zu sprechen kam.

Dann erzählte er, aus einem abrupten Themenwechsel heraus, dass er im Urlaub auch mal mit dem Bernina Express gefahren sei und auch mit dem Glacier, denn die kleine Schweiz sei doch ein wahres Schmuckstück. Dann schien es, als erinnere er sich plötzlich an seine eigentliche Aufgabe. Er tippte auf einem Tablet herum und murmelte, dass laufend weitere Befunde reinkämen.

Es ging um das Gift, dessen Ursprung auch die Toxikologen nicht abschließend benennen, aber der Gruppe der Zellgifte zuordnen konnten. Das Gift müsse dem Opfer oral verabreicht worden sein, hielt der Bericht weiter fest. Es entfalte die Potenz seines tödlichen Bouquets im Körper wie die Höllenblume des Todes erst in der letzten Stunde. Das Gift sei geruch- und geschmacklos, könne somit problemlos im Essen oder in einem Getränk dem Opfer zugeführt worden sein.

»Wenn dem so ist«, sagte Corina, »müssen wir versuchen, den letzten Tag im Leben von Frau Händeler zu rekonstruieren.« Corinas Hochdeutsch war stark vom Romanischen gefärbt, was dem Anschein nach aber sympathisch auf die Deutschen wirkte.

Niemand hatte Einwände. Obermann, Corina und zwei Ermittlerinnen vom Hintergrunddienst setzten sich deshalb in ein Besprechungszimmer mit Blick auf den Stachus, dessen Verkehrsaufkommen vom Chaos selbst orchestriert zu werden schien, dünkte es Corina.

Obermann übernahm das Wort. Allein durch seine Körperfülle wirkte er dominant am Kopfende des Tischs. »Todeszeitpunkt von Frau Händeler war gemäß Dr. Habermann gestern Vormittag, am Dienstag, 21. Juni, um etwa elf Uhr.«

»Aber das ist ja fast zur selben Zeit geschehen wie der Mord an Petra Schmitz?«, wand Corina ein.

»Exakt. Zufall?«, entgegnete Obermann.

»Müssen wir so als Frage stehen lassen«, sagte Corina und trank vom Wasser, das man ihr in einem Glas hingestellt hatte. Von draußen drang der Verkehrslärm konstant brummend ins Gebäude. Die Sonne stand hoch, und Corina kam sich ausgeschlossen von der Natur vor.

Obermann positionierte seinen schweren Körper auf dem Ledersessel neu. »Gemäß dem Chatverlauf der beiden Frauen wissen wir, dass sie beste Freundinnen waren und wahrscheinlich keine romantische oder sexuelle Beziehung miteinander hatten.«

Eine der Kriminalbeamtinnen, die Hintergrundrecherchen betrieben hatte, verteilte Papiere. Ihre Stimme war sehr hell wie auch ihr Haar. »Hier sind sämtliche Telefonverbindungen der letzten beiden Wochen inklusive Namen und Adressen der Anrufer. Händeler hat nicht viel telefoniert. Meist schrieb sie an ihre Kontakte Nachrichten via WhatsApp oder Telegram.«

Als jeder im Raum die Liste vor sich auf dem Tisch liegen hatte, fuhr sie fort: »Wir haben uns wie gesagt die Mühe gemacht, zu den Nummern jeweils den zugehörigen Namen zu notieren, damit wir diese Kontakte sofort angehen können. Doch da wir nun wissen, dass sie am Sonntag entweder absichtlich vergiftet wurde oder durch einen tragischen Umstand mit dem Zeugs in Berührung kam, ist der Sonntag, wie Frau Costa eben gesagt hat, vorrangig entscheidend. Und da ist mir ein Eintrag besonders ins Auge gestochen: Frau Händeler hat am Vortag ihres Todes um 21:30 Uhr eine Pizzeria mit Hauslieferdienst angerufen – Abdul Hamdi heißt der Laden.« Sie hob ihre Liste und deutete mit dem Zeigefinger auf die Nummer.

Corina nickte und schwieg, blickte dabei gespannt in die Runde.

»*Good job*«, sagte Obermann, steckte die Liste in die Innentasche seines Anzuges und erhob sich, richtete dabei die Krawatte. »Na dann, Frau Costa, wollen wir die bösen Buben fangen gehen.« Und mit Blick in die Runde, fügte er an: »Ihr meldet euch, sobald ihr mehr wisst. Wir wissen ja alle: Die ersten achtundvierzig Stunden sind oft matchentscheidend.«

Obermanns und Corinas erstes Ziel war am späten Nachmittag der Blumenladen Florio Blütenzauber, in dem Alexandra Händeler gearbeitet hatte, denn die Pizzeria Abdul Hamdi hatte bis siebzehn Uhr geschlossen, und der Anruf wurde direkt an den Anrufbeantworter umgeleitet.

Im Blumenladen zeigte man sich tief erschüttert. Der Chef, ein schlaksiger Kerl mit einem schielenden linken Auge, hatte nur Gutes über Händeler zu berichten. Sie sei erst vor einigen Monaten aus Hamburg hergezogen und habe sich sofort hier im Laden eingelebt und gerne Auslieferungen gemacht.

Obermann fragte ihn in seiner großherrlichen Art

nach weiteren Details. Der Inhaber schien sich gedanklich vor jeder Antwort anzustrengen, die Mimik verriet es. »Nein, da war nichts, weder ein Kunde noch Telefonate noch hat sie sich seltsam benommen. Keine Vorboten für diese Tat, nein, rein gar nichts, so sehr ich mich auch anstrenge, mir fällt nichts ein, das verdächtig gewesen wäre.« Er betonte, dass Händeler nur zwei Halbtage pro Woche gearbeitet habe und er nichts darüber sagen könne, was in den anderen Tagen der Woche alles geschehen sei. Der rundliche Stellvertreter des Chefs nickte beharrlich und schwieg.

Corina und Obermann warfen sich wegen des minimalen Arbeitspensums zum ersten Mal einen vielsagenden Blick zu.

Corina fragte: »Hatte es Frau Händeler auch mit giftigen Pflanzen zu tun? Ich weiß, es gibt solche, die sind giftig und wunderschön in einem, sodass man sie dennoch verkauft.«

Verwundert blickten sich die beiden Männer an. Der schlaksige Chef blickte auf Corina nieder. »Nichts, was nicht auch in anderen Läden verkauft würde. Und nichts, das einen umbringen könnte, sofern man es nicht wissentlich dazu missbraucht.«

»Sonstige giftige Substanzen, die Sie einsetzen?«

»Ist sie denn vergiftet worden?«, fragte der rundliche Stellvertreter und wurde starr vor Anspannung. Er hat also doch eine Stimme, dachte Corina, die darauf gewartet hatte, dass der Kerl den Mund auftat.

»Ich verstehe Ihre Neugierde«, entgegnete Corina. »Aber Sie lenken von meiner Frage ab: Also, kam Frau Händeler mit giftigen Substanzen in Berührung, die einen Menschen, gewollt oder versehentlich, umbringen könnten?«

»Narzissen, Orchideen, Lilien, Rhododendren, Wandelröschen, Physalis, Chrysanthemen, Ranunkeln, Hortensien, Schleierkraut, Pfingstrosen ... alle giftig, doch am schlimmsten in Europa ist und bleibt der Blaue Eisenhut. Da reicht sehr wenig, und jemand ist spätestens in drei Stunden tot«, ereiferte sich der Inhaber.

Corina sagte nichts dazu, dachte aber, dass sie dies mit den Toxikologen anschauen müssten. Mit Blick auf die beiden fand sie, dass diese irgendwie nicht in einen Blumenladen passten, eher in einen Hundefrisörsalon. Sie fragte weiter: »Sagt Ihnen beiden der Name Petra Schmitz etwas?«

»Ach, die liebe Petra vom Altersheim Sonnmatt? Die kommt manchmal her und holt die Blumengestecke fürs Altersheim ab, oder Alexandra hat sie ihr auch hin und wieder geliefert. Die beiden haben sich gut verstanden, wie es schien.«

»Wissen Sie etwas über Petra Schmitz?« Corina blickte beide abwechselnd an.

Der Inhaber antwortete wieder: »Sie hat sich sehr für Benachteiligte eingesetzt, sammelte jedes Jahr für die Kinder im Osten. Mehr weiß ich nicht. Wir haben ihr jedes Jahr einhundert Euro gespendet.« Er blickte zu seinem Stellvertreter. »Weißt du was über sie?«

Der Angesprochene schüttelte bloß den Kopf, schien seine Stimme bereits wieder verloren zu haben.

Die Türglocke bimmelte leise hinter Corina und Obermann, als die beiden nach draußen auf den Gehsteig traten. Die Hitze der Großstadt schlug ihnen wie eine Wand entgegen. Es ist eine andere Hitze als die in den Tälern von Graubünden, dachte Corina. Und der Verkehr erst, der quoll bereits am späten Nachmittag zähflüssig und lärmend durch die Nebenstraßen. Doch Obermann schien das alles nichts auszumachen.

»Frau Costa, wir kommen so nicht weiter. Die Nachricht über den Tod haben die Eltern von Händeler ja gestern erhalten. Wir sollten diese nun befragen.«

»Die wohnen doch in Hamburg.«

»Deshalb machen wir das telefonisch, sobald wir wieder im Präsidium sind. Möglicherweise war es ja ein Suizid.«

»Warum?«

»Na ja, sie hat trotz heftiger Beschwerden keinen Arzt angerufen, wie der Auszug aus der Telefonliste es beweist.«

»Sie war eine Frau, wir Frauen neigen nicht dazu, wegen Bauchschmerzen und Übelkeit gleich den Notarzt zu verständigen.«

»Da haben Sie natürlich recht, Frau Costa. Falls es Suizid war, frage ich mich sowieso, warum Händeler dann noch geplant hatte, gemeinsam mit Schmitz auf eine Zugreise zu gehen.«

»Das hingegen, Herr Obermann, finde ich einfach zu begründen: Die Hoffnung stirbt zuletzt. Es gibt Leute, die gehen am Morgen noch zur Arbeit, kochen zu Mittag und hängen sich danach noch vor dem Kaffee auf.«

Dass das vorkam, wusste Corina aus trauriger Erfahrung. Ihre Mutter war wie aus dem Nichts heraus depressiv geworden. Die ausgeflippte Rainbow, die ihre

Tochter mit viel Freiheit und einem Ja, einem großen Ja zum Leben großzog, hatte sich plötzlich verändert wie der Sommer zum Herbst. Als Corina achtzehn Jahre alt gewesen war, hatte sie sie tot aufgefunden, erhängt im Keller. Das hatte ihr damals für lange Zeit die Sprache geraubt. Seither lebte sie allein auf dem kleinen Hof, mit allen ihren Tieren, zu ihrem Vater hatte sie nie Kontakt. Die sehr enge Verbindung mit der Mutter, die so abrupt abgerissen war, hinterließ tiefe Wunden, und immer am 21. Juni, an Mutters Geburtstag, der Sommersonnenwende, fühlte Corina sich ihr besonders nah, oben in den Bergen, dort, wo sie so oft miteinander unterwegs gewesen waren, dort, wo die Mutter gesungen, ihr all diese Lebenslieder überliefert hatte.

Es gab selten nachvollziehbare Gründe für den Zeitpunkt eines Selbstmords, niemand konnte wissen, warum nicht einen Tag später oder früher – warum gerade in diesem oder jenem Moment sich jemand das Leben nahm. Corina wischte sich mit einer Handbewegung übers Gesicht und sagte zu Obermann:

»Ich glaube, die beiden Frauen wurden aus demselben Grund umgebracht. Die müssen in irgendetwas verstrickt gewesen sein, von dem wir noch nichts wissen. Blöd nur, dass wir keinen Zugriff auf Schmitz' Handy und Notebook haben. Ihre Verschlüsselung ist scheinbar unknackbar. Und nach der Befragung von Händelers Eltern möchte ich nochmals in die Wohnungen der beiden Opfer. Sie müssen mich auch nicht fahren. Taxis gibt's ja genug in München. Und diesen Pizzalieferdienst, den können wir auch bald anrufen.«

6

Im Präsidium der Kriminalpolizei München angekommen, informierte Obermann die Toxikologen, die am Fall arbeiteten, über Händelers Tätigkeit als Floristin und über die möglichen Giftpflanzen, mit denen sie in Kontakt hätte kommen können. Obwohl es bereits siebzehn Uhr zehn war, ging beim Pizzalieferdienst Abdul Hamdi niemand ans Telefon. Deshalb versuchten Obermann und Corina, Alexandra Händelers Eltern zu erreichen, was sich ebenfalls als schwierig erwies. Erst nach einigen Versuchen riefen die Eltern zurück. Corina stellte das Telefon auf laut, sodass Obermann mithören konnte.

Die Bestürzung über den Tod ihrer einzigen Tochter war verständlicherweise noch immer groß und selbst durchs Telefon greifbar. Vorsichtig versuchte Corina, ihre Fragen so zu formulieren, dass sie deren Schmerz nicht noch verschlimmerte, falls dies überhaupt möglich war.

Ihre Tochter sei keinesfalls depressiv gewesen, es habe auch keinerlei Auffälligkeiten in den Jahren der Erziehung gegeben. Sie sei vor wenigen Monaten erst nach München gezogen, weil sie einfach mal von Hamburg weg, etwas Neues entdecken, ihr erstes Buch schreiben wollte. Sie habe deshalb ein einfaches Leben gesucht, um die nötige Inspiration zu finden, erzählten die Eltern.

Auf die Frage, warum Alexandra nur zwei Halbtage in der Woche im Blumenladen gearbeitet habe, bekam Corina die Antwort, dass Alexandra gar keine Ausbildung zur Floristin gemacht, sondern Jura studiert habe. Sie habe wie erwähnt einen Roman schreiben wollen, das sei ihre wahre Leidenschaft gewesen, und die Arbeit im Laden hätte den nötigen Perspektivenwechsel gebracht. Finanziell hätten sie ihre Tochter selbstredend bei diesem Projekt unterstützt.

Ja, Petra Schmitz hätten sie ebenfalls gekannt, denn Alexandra sei vor Kurzem erst mit ihr in Hamburg zu Besuch gewesen, fast eine Woche lang, dabei habe Alexandra Petra die Stadt gezeigt. Die beiden hätten sich außerordentlich gut verstanden. Auf die Frage nach einem möglichen Motiv, ob Alexandra Feinde gehabt habe, wurde abgewinkt, Alexandra habe eine herzliche Art gehabt, ihre gute Herkunft nie nach außen getragen und sei immer konsequent ihren eigenen Weg gegangen.

Auch nach diesem Telefonat war der Pizzaservice nicht zu erreichen. Obermann hielt es zudem nicht für nötig, nochmals in die beiden Wohnungen zu gehen, so wie Corina es vorgeschlagen hatte. Seine Leute seien ja dran. Doch er war damit einverstanden, dass Corina alleine ging und sich später am Abend um die Pizzeria kümmerte. Er sei überzeugt, ließ er sie wissen, dass es sich bloß um eine ganz normale Pizzalieferung gehandelt habe, die mit Sicherheit nicht vergiftet worden sei, denn das würde ja sofort auf den Betrieb zurückfallen. Er meldete sich nun ab, denn er gehe noch zu einem Treffen mit einem alten Freund aus Militärtagen, der im BKA

München, so wie er in Wiesbaden, ein wichtiger Mann sei.

Corina war das mehr als recht, sie ermittelte sowieso am liebsten alleine.

In einem Taxi fuhr sie zuerst zur einen, dann zur anderen Wohnung. Jetzt, wo in beiden die Spurensicherung nach stundenlanger Arbeit endlich durch war, konnte sie jede Schublade aufreißen und in allen Schränken wühlen. Sie blickte in den Kühlschrank, sah sich nach Medikamenten um, blätterte in Büchern und Zeitschriften. Sie versuchte, Parallelen zwischen den beiden Frauen zu erkennen, aber da war nichts. Zwischendurch erreichte sie endlich diesen Pizzalieferdienst. Doch sie bekam die Antwort, dass der Inhaber, Abdul Hamdi, erst später am Abend in den Betrieb kommen würde, sie solle es doch später noch einmal versuchen.

Erst gegen neunzehn Uhr dreißig verließ Corina die letzte der beiden Wohnungen und stieg in ein Taxi. Eine halbe Stunde später setzte sie sich alleine in einen Biergarten, trank ein Weißbier und aß zu Abend. Die Stimmung gefiel Corina, es war gemütlich, und Musik tönte aus den Lautsprechern. Die Bäume, unter denen sie saß, warfen lange Schatten, und die tiefstehende Sonne ließ ein Licht- und Schattenspiel auf den Tischen tanzen.

Corina hatte sich ein Hotel gesucht, das am Rand von München, nah am Grünen lag. Es war ein Touristenhotel, das im bayrisch-ländlichen Stil gehalten war, mit viel Holz und urig geprägt. Zwei große Wagenräder flankierten den Eingang. Auf den Holzbalkonen hingen überladene Blumenkisten mit blühenden roten Geranien. Hinter dem Hotel erstreckte sich eine Wiese und etwas Wald. Corina nutzte die Zeit und spazierte in die Dämmerung hinein, hing dabei ihren Gedanken nach. Sie vermisste ihre Heimat und die Tiere so, als wäre sie schon seit Ewigkeiten fort. Sie fragte sich, wie es ihnen ging. Es dünkte sie, als wären sie unfassbar weit voneinander entfernt. Sie tröstete sich damit, dass die Bäuerin Brida sich bestimmt gut um sie kümmerte.

Zurück im Hotel setzte sie sich im Schneidersitz mittig aufs Bett. Es war Zeit, dieser Abdul Hamdi musste endlich im Geschäft sein. Mithilfe der ausgedruckten Anrufliste von Alexandra Händeler vergewisserte sich Corina der genauen Anrufzeit der Pizzabestellung, und diesmal war der Chef erreichbar.

Dieser Hamdi schien ein freundlicher, aber geschäftiger Mann zu sein. Jede Bestellung, jede Lieferung müsse er wegen des Fiskus festhalten, damit er nicht wieder mit den Steuerbehörden aneinandergerate, sagte er auf Corinas Anfrage. Anhand dieser Daten könne er mit Gewissheit sagen, dass Händeler eine Pizza mit Meeresfrüchten bestellt habe, diese aber nicht ausgeliefert worden sei.

Das irritierte Corina. Sie wurde sofort misstrauisch.

»Ja, Sie können mir ruhig glauben. Ich sehe es doch auf unserem Computer. Die Kundin hat zwei Minuten nach der Bestellung nochmals angerufen und gesagt, sie wollte die Pizza lieber abholen, weil das drei Euro günstiger käme.«

»Okay? Und, kam die Frau die Pizza abholen?«

»Ja. Sogar bei mir persönlich.«

»Wie sah sie aus?«

»Sie war schwarzhaarig.«

»Schwarzhaarig?«

»Genau.«

»Größe?«

»Durchschnitt, glaube ich.«

Das konnte nicht sein, dachte Corina. Händeler war nicht schwarzhaarig. Ebenso verdächtig war der Umstand, dass auf ihrer Liste nur ein Anruf an den Pizzaservice vermerkt war, und diese Liste stammte direkt vom Telekom-Anbieter.

»Ich komme schnell vorbei«, sagte Corina und legte auf, denn sie musste die Fragen nun doch direkt vor Ort klären.

Corina brauchte zwanzig Minuten, bis sie endlich vor der schäbigen Fassade der Pizzeria ankam, die sich am Rand von München im Industriegebiet befand. Eine Außenlüftung lärmte, doch es roch verführerisch nach Pizza.

Mehrere gelbe Kleinwagen mit der roten Beschriftung *Abdul bringt's – Das bringt's!* standen vor der Tür. Kuriere hantierten mit Schachteln, rauchten und redeten, als die Fahnderin sich zwischen ihnen hindurchdrängte. Sie fragte sich, wie sich ein Geschäftsinhaber, bei dem so viel Betrieb herrschte, an eine einzelne Bestellung so genau erinnern konnte.

Hamdi war ein untersetzter Mann mit pechschwarzem Bart und einem Drei-Millimeter-Haarschnitt. Über seiner kräftigen Schulter lag ein Geschirrtuch, als wäre er einer seiner vier Pizzaiolos.

Corina wies sich aus und erklärte, was die Schweizer Polizei hier in München zu suchen hatte. »War das die

Frau, die vorgestern die Pizza abholte?«, fragte sie und zeigte ihm ein Foto von Händeler.

»Neee, auf keinen Fall.«

Corina hakte nicht nach, denn die Antwort war eindeutig. Sie ließ sich die genaue Beschreibung der Frau geben, welche die Pizza abgeholt hatte, und fragte nach den Bildern der Überwachungskamera, die über dem Eingang hing.

»Ja, wir haben Bilder. Aber die werden nach achtundvierzig Stunden automatisch überschrieben, so wurde es uns auferlegt«, er blickte auf die Kopie des Kassenbons, dann auf seine Uhr. »Sie kommen zehn Minuten zu spät.«

»Echt jetzt?«

»Kommen Sie bitte mit, ich kann es Ihnen zeigen.« Er schritt zügig in ein kleines Büro, in dem ein vollgestellter Bürotisch und zwei Computer standen. Tatsächlich, die Aufnahmen reichten exakt achtundvierzig Stunden zurück, wie sich Corina überzeugen konnte.

»Sagen Sie mir, Herr Hamdi, wieso erinnern Sie sich so genau an die Frau?«

»Soll ich ehrlich sein?«

»Auf jeden Fall.«

»Sie trug einen sehr kurzen Rock und, na ja, sie trug keinen BH, vielleicht wegen der Hitze. Auf jeden Fall war sie sehr freizügig gekleidet …«

»Wenigstens sind Sie ehrlich. Danke. Bitte halten Sie sich zu unserer Verfügung.«

Der Taxifahrer hatte nicht wie versprochen gewartet. Corina suchte zu Fuß die umliegenden Gebäude ab, suchte nach Kameras, doch es war schon zu dunkel, um viel zu erkennen. Deshalb rief sie das nächste Taxi. Beim Warten hing sie ihren Gedanken nach: Sie hatte auf dem Computer von Abdul Hamdi den acht Sekunden dauernden zweiten Anruf gesehen, der von Händelers Handy reingekommen war. Aber wieso tauchte dieser Anruf nirgends auf der Liste der Telekom auf? Und wen hatte Händeler beauftragt, die Pizza für sie zu holen? Mit wem könnte sie den Abend vor ihrem Todestag verbracht haben? Hatte die unbekannte Frau sie vergiftet? Langsam, aber sicher kam sie der Sache etwas näher.

Corina war sich sicher, dass sie es hier nicht mit einem gewöhnlichen Mordfall zu tun hatte, da steckte etwas Großes dahinter, sie musste auf der Hut sein!

7

Nach dreiundzwanzig Uhr lag Corina im Bett. Alles im Hotelzimmer schien so perfekt: die weißen verputzten Wände, die Möbel, die Vorhänge und der Geruch – es roch etwas steril wie in allen Hotelzimmern, nachdem diese gründlich gereinigt worden waren. Es gab eigentlich nichts auszusetzen, aber Corina vermisste ihr eigenes Haus, den Geruch nach Holz und Asche, ihre Tiere, die Berge. Immerhin wehte mit der frischen Luft auch der Geruch der angrenzenden Weide und des Waldes dahinter ins Zimmer.

Corina erwachte nach unruhigem Schlaf in aller Herrgottsfrühe. Es war Donnerstagmorgen, Tag zwei nach den beiden Verbrechen.

Bereits um sechs Uhr saß Corina als Erste im Speisesaal, trank Kaffee und aß ein ordentliches Frühstück. Danach unternahm sie im Wald hinter dem Hotel einen ausgedehnten Spaziergang. Sie fand es zauberhaft, wie die Sonne so früh bereits die Wipfel der Laubbäume zum Leuchten brachte. In einer Waldlichtung überquerte sie ein Bächlein, über dem Schmetterlinge tanzten. Auf den Farnen glitzerte der Morgentau, und es duftete süß nach Blüten, Harz und der Rinde von gefällten Bäumen. Zwei Joggerinnen liefen mit AirPods in den Ohren an Corina vorbei, schienen vom Zauber im Wald davonzurennen.

Corina hatte in den schlaflosen Momenten der letzten Nacht nachgedacht. Sie hatte am offenen Fenster gestanden und über die ruhende Weide zum dunklen Wald geblickt, was ihr Ruhe verschaffen hatte. Das Problem, das sich aus ihrer Sicht in den beiden Fällen stellte, war der Ort: Der eine Mord war zwar in Graubünden geschehen, aber beide Fälle schienen ihre Wurzeln in Deutschland, hier in München zu haben. Doch all das hier, das war für Corina absolutes Neuland. Sie hatte hier weder Verbindungen noch ein Netzwerk. Wie sollte sie also vorgehen, ihren Weg als Ermittlerin gehen? Außerdem verfügte sie hier über keinerlei Befehlsgewalt.

Erst gegen halb acht Uhr kehrte Corina ins Hotel zurück. Im Hotelzimmer nahm sie ihr Handy hervor, das am Ladekabel hing, und ging nach draußen, um zu telefonieren. Sie rief wie abgemacht Nadia an, denn möglicherweise hatte diese neue Informationen für sie. Und so war es auch.

»Corina, wir haben mittlerweile alle Identitäten verifiziert, die gemachten Angaben der Passagiere stimmen alle, außer die von einem Mann, der im Triebzug, im Wagen zwischen den beiden Triebköpfen saß, der hat uns falsche Angaben gemacht.«

»Mhhh.«

»Ja, seltsam, aber er kann unmöglich der Mörder sein. Wie hätte er vom Triebzug aus in die angehängten Panoramawagen kommen sollen? Aber ja, es macht mich auch stutzig. Ansonsten ist bis auf diverse Verkehrsdelikte und eine Vorstrafe wegen Betrugs und Diebstahls, die zur Bewährung ausgesetzt ist, keines der Profile auffällig.«

»Wer hat eine Vorstrafe wegen Betrugs und Diebstahls?«

»Na ja, jetzt wird's eben interessant. Dreimal darfst du raten, aber du wirst nicht draufkommen.«

»Die Nonne!«

»Okaaay. Wie kommst du jetzt da drauf, mal abgesehen davon, dass es richtig ist?«

»Na ja, wie du gesagt hast, auf die wäre ich nicht gekommen, darum bin ich auf sie gekommen.«

»Auch wieder wahr.« Nadia lachte.

»Was hat sie angestellt?«

»Sie hat Gelder veruntreut, hat sich am Opferstock der katholischen Pfarrei Bäretswil bereichert, mehrere tausend Franken über vier Jahre hinweg, bis man sie im Zusammenhang mit einem Diebstahl vor zwei Jahren überführte.«

»Was macht so eine Nonne mit dem Geld, eine schicke Tracht kaufen oder einen Achtzig-Zoll-Monitor?«

»Sie war zumindest bei ihrer Festnahme damals noch keine Nonne. Klara Weingärtner, so heißt sie nämlich, ist neunundvierzig. Sie war die Haushälterin des Pfarrers am Ort. Damals hatte sie während der Einvernahme sowohl die Diebstähle als auch den Betrug mit dem Opferstock zugegeben. Ich nehme an, danach trat sie ins Kloster Einsiedeln ein.«

»Aber das ist doch so ein Benediktinermönche-Wallfahrtsort. Gibt es da überhaupt Nonnen?«

»Gute Frage, Corina. Nein, gibt es nicht, aber neben den vierzig Mönchen, arbeiten dort fast dreihundert Angestellte. Das Kloster ist riesig, ein halbes Dorf, und Klara Weingärtner arbeitet dort in ihrem angestammten Beruf als Gärtnerin. Das ist alles korrekt. Dennoch würde ich sie so bald wie möglich mit dir zusammen aufsuchen und befragen wollen. Sie weiß von meinen Hintergrundrecherchen noch nichts, denn ich habe unter falschem Namen recherchiert.«

»Bin dabei. Sag mal, hast du die Prozessakten von dieser Weingärtner gelesen? Glaubst du, dass die Frau gewalttätig war oder ist?«, wollte Corina wissen.

»Nein, sie war immer sehr kooperativ, nahm, so stand es in den Akten, demütig ihre auf Bewährung ausgesetzte Haftstrafe an und war bereit, den angerichteten Schaden zu bezahlen. Und außerdem weist ihr Profil keinerlei Verbindungen zu den beiden ermordeten Frauen auf.«

»Weißt du, Nadia, auch ich habe nachgedacht. Hinter den beiden Fällen steckt etwas weit Größeres …« Corina berichtete über das, was sie am späten Abend zuvor im Pizzalieferdienst Abdul Hamdi in Erfahrung gebracht hatte.

»Gute Arbeit, und ich pflichte dir bei, die Geschichte mit der Frau, die die Pizza abgeholt hat, ist tatsächlich rätselhaft und könnte eines der fehlenden Puzzleteile sein. Hingegen das mit der Nummer, ich meine, dass der Lieferdienst gemäß Mobilfunkbetreiber nur einmal mit Händelers Handy angerufen worden war, aber im Computer des Pizzakuriers zwei Anrufe registriert sind, dafür gibt's ja technische Erklärungen.«

»Ja, das weiß ich. Es ist heute nicht mehr so schwer, eine falsche Telefonnummer auf dem Display des Angerufenen anzeigen zu lassen. Das macht sich längst sogar die Werbebranche zu Nutze, damit man nicht so schnell merkt, dass ein Anruf aus dem Callcenter kommt. Dennoch bedeutet das, dass eine Infrastruktur hinter dem Mord an Händeler aufgebaut worden sein muss, eine Planung stattgefunden hat. Über das nötige Fachwissen und die technischen Voraussetzungen verfügt ja nicht jeder.«

»Das stimmt.«

»Nadia, wie bereits gesagt, ich glaube die beiden waren da in eine unschöne Sache verwickelt, die ihre beiden Tode einläutete. Dazu passt es, dass Schmitz nur halbtags gearbeitet hatte. Ich frage mich, ob sie daneben wirklich nur ehrenamtlich für Hilfsorganisationen tätig war. Oder was tat sie noch so? Schrieb Händeler wirklich an einem Roman? Oder wussten die beiden ihr wahres Leben gut zu tarnen?«

»Händelers Notebook ist doch sicher bereits in der Forensik bei euch in München«, sagte Nadia. »Rede doch mal mit Obermann. Aber ich nehme an, der versucht längst den Fall an sich zu binden.«

»Das hast du schön gesagt, aber ›an sich reißen‹ passt besser. Aber ja, ich rede mit ihm, vermutlich werde ich heute eh von hier abgezogen. Mir sind hier schließlich die Hände gebunden. So macht es wenig Sinn. Und danke, Nadia, wirklich gute Arbeit, wir bleiben in Kontakt.«

»Danke, ist gut, ebenso.«

Kaum hatte Corina aufgelegt, musste sie einen weiteren Anruf auf ihrer Liste tätigen, reine Routine dachte sie, während sie die Nummer wählte.

Während sie sprach, versuchte Obermann sie mehrmals anzurufen, doch sie ließ ihn ins Leere klingeln, bis sie ihre Informationen erhalten hatte. Sie fragte zwei Mal nach, und das Gegenüber kontrollierte und bestätigte zwei Mal, und so wurde aus einer routinemäßigen Abklärung, die zum Alltag einer jeden Ermittlerin gehörte, ein Moment des großen Aufhorchens. Ab sofort musste Corina sehr achtsam sein!

Umgehend rief sie nochmals Nadia an und bat sie, zu den neuen Erkenntnissen zu ermitteln. Sie wies sie an, alles im kleinen Kreise, bestehend aus ihr und Dr. Kaspersky, zu halten, so lange bis weitere Hintergründe dazu auf dem Tisch lägen. Auch Nadia wunderte sich über das, was Corina eben herausgefunden hatte, sagte nachdenklich:

»Solch mächtige und lange Schatten lassen Schlimmes befürchten! Sei vorsichtig, Corina, sehr vorsichtig!«

Erst nach diesem Anruf rief Corina Obermann zurück und berichtete, was ihre Ermittlungen im Pizzalieferdienst zu Tage befördert hatten. Von dem, was sie soeben am Telefon erfahren hatte, sagte sie nichts, und dafür hatte sie gute Gründe.

Obermann schwieg einen Moment in der Leitung, ehe er mit nachdenklicher Stimme sagte: »Erstens: gute Arbeit. Zweitens: Wie ich vermutet habe, ein Fall, der sich kompliziert darstellt. Könnte eine völlig aus dem Ruder gelaufene Dreierbeziehung zwischen den Frauen sein, Nebenbuhlerinnen-Mord oder was weiß ich. Aber ich denke, die Falldaten deuten alle darauf hin, dass die Frau, welche die Pizza abgeholt hat, Händelers Mörderin ist …«

»Das kann sein. Aber das erklärt nicht den Mord an Schmitz.«

»Richtig, aber es waren zwei geplante Morde, die auf jeden Fall zusammenhängen.« Obermann schwieg für einen Moment. »Ich schlage vor, Sie fahren zurück in Ihre Berge, ich übernehme das hier.«

Corina nickte, als könnte er es sehen. Ihren Rucksack hatte sie bereits um fünf Uhr in der Früh gepackt. Sie hatte mit dieser Reaktion von seiner Seite gerechnet und sagte: »Ich nehme den nächsten Zug.«

»Ich bring Sie zum Hauptbahnhof.«

»Danke, aber ein Taxi wird reichen.«

Erst viereinhalb Stunden später, um Punkt dreizehn Uhr, kam Corina am beschaulichen Bahnhof Chur an, der in der hochsommerlichen Mittagshitze brütete. Unterwegs hatten Kaspersky und Nadia sie angerufen. Die Ereignisse schienen sich an diesem Morgen zu überschlagen. Auch die Forensikerin war auf etwas gestoßen, das zu dem, was Corina am Morgen herausgefunden hatte, passte und nicht minder brisant war.

Endlich war Corina wieder in den Bergen, wenn auch noch nicht im Engadin. Es fühlte sich für sie an, als wäre sie viel länger als vierundzwanzig Stunden weg gewesen. Der Lärm und der Geruch der Großstadt hafteten noch an ihr. Mit geschultertem Rucksack ging sie die fünfzehn Minuten zu Fuß ins Kommando, das am südlichen Ende der Stadt lag. Für einmal empfand sie Chur als beschaulich.

Corina hatte sich angemeldet, und Nadia hatte eine Sitzung um halb zwei anberaumt.

Major Peterelli, Nadia und Kaspersky saßen bereits im Sitzungsraum, um das weitere Vorgehen zu besprechen, als Corina mit den Worten »Da bin ich ja wieder!« eintrat und die anderen begrüßte.

Spannung lag im Raum, Peterelli würde gleich etwas erfahren, das ihm sicher nicht passen würde.

Kaspersky hatte keine Mühe, es gleich auf den Punkt zu bringen, sagte, kaum dass der Chef sich gesetzt hatte: »Major, wir müssen Obermann ab sofort zu den Verdächtigen zählen.«

»Was?« Peterellis Habichtgesicht wandte sich blitzschnell jeder kurz zu, als suche er die Maus, ehe er Kaspersky fokussierte. »Warum?«, fragte er.

Kaspersky nickte Nadia zu, die via Beamer und Leinwand die Bilder vom 3D-Scan aufrief, die den Tatort, das WC und den Vorraum im Bernina Express zeigten.

»Und was soll das beweisen?«

»Schauen Sie genau hin«, sagte die Forensikerin in ihrer unterkühlten Art.

Peterelli gab sich alle Mühe, schüttelte aber bereits nach einer halben Minute den Kopf.

»Major, vor dem Scan haben wir alle gebeten, ins Abteil der zweiten Klasse zu treten. Der Scan hat so durch die Glasschiebetür auch Obermann eingefangen. Schauen Sie, seine Schirmmütze hatte er genau in dem Moment kurz nach oben geschoben. Und was sehen wir da?«

Nadia zoomte näher.

»Eine frische Schürfwunde«, half ihm Kaspersky auf die Sprünge.

»Und jetzt?« Peterelli reckte sich Richtung Leinwand, als könne er sonst das Entscheidende nicht erkennen.

»Wir haben heute Morgen Gewebespuren, kleinste nur, allerdings in Kopfhöhe von Obermann, im Tatort-WC gefunden. Und Hugentobler trug den Overall mit Kopfbedeckung, von ihm sind die also nicht.«

Peterelli lehnte sich zurück, schüttelte ungläubig den Kopf. Diese Kröte wollte er nicht schlucken. »Dann vergleicht doch verdammt noch mal die DNA mit der vom Oberst. Er hat uns die ja anstandslos freigegeben.«

»Da sind wir dran. In etwa fünf Stunden wissen wir mehr«, antwortete Kaspersky.

Peterelli nahm einen langen Atemzug. »Ich habe vor einer Stunde mit dem Kommandanten Hartmann über die Fälle gesprochen, der wiederum hat mit dem BKA telefoniert – auch mit Oberst Obermann und der Chefermittlerin Giulia de Medici, die ja in den Ferien weilt. So wie es aussieht, müssen wir den ganzen Fall sowieso noch heute ans BKA München übergeben.«

»Aber wieso? Das eine Verbrechen ist doch in Graubünden geschehen. Das haben wir aufzuklären.« Nadias Stimme erhob sich kämpferisch.

»Das hat natürlich auch Leutnant de Medici gesagt. Wen wundert's? Aber ich sage, wir geben den Fall ab, weil beide Opfer aus München stammen und vermutet wird, dass der Grund für deren Tötung dort zu suchen und zu finden ist. Wie wollen wir über die Grenzen hinweg ermitteln, um unseren Fall zu lösen?« Er hob abwehrend die Hand. »Und die meisten Reisenden in unserem Fall sind sowieso, von den paar Schweizern abgesehen, in ihre Heimatländer zurückgereist, oder möchte Frau Costa die Japanerinnen in Tokio befragen?«, stichelte er, doch Corina schien es nicht zu berühren. »Immerhin«, fuhr er fort, »hat die Japanerin das Opfer im Zug gefunden.« Er ließ seinen Blick in die Runde schweifen. »Wer sagt uns denn, dass nicht sie diese Schmitz umgebracht hat?«

Nun meldete sich Corina zu Wort: »Wir haben niemanden aus dem Täterkreis ausgeschlossen, deshalb habe ich ja versucht, den Zug länger zu blockieren, um mehr Einvernahmen und Kreuzverhöre an Ort und Stelle vornehmen zu können.«

»Sie meinen, Sie hätten es an der Nasenspitze erkannt, wer der Mörder ist?« Peterelli hob die Hand. »Ich habe mittlerweile so einiges von Ihnen gehört, Adjutant Costa, auch dass sie ein besonderes Gespür hätten, Verbrecher zu erkennen, also, nur her mit dem Namen.«

»Major Peterelli, wir wissen doch alle, es gibt Täter, die schlachten Menschen ab und gehen danach ins Restaurant und ins Theater, als sei nichts gewesen«, antwortete sie unberührt und ohne auf seine Provokation einzugehen. »Aber dennoch, es bleibt etwas an ihnen haften. Es ist dieser schwarze Keimling, den sie sich bei der Tat einpflanzen. Den muss man erkennen.«

Peterelli verdrehte die Augen. Er konnte mit der in sich ruhenden Engadinerin so gar nichts anfangen, er hatte sie nur ein einziges Mal bei seiner Einsetzung kurz gesehen und sich da schon über den schiefen Hippie-Haarschnitt gewundert. Nun fokussierte er Corina mit seinen zu nahe zusammenstehenden Augen. »Dann sagen Sie mir doch mal, Adjutant Costa, wen von den Passagieren ziehen Sie als Täter oder Täterin sozusagen in die engere Wahl – mal abgesehen von Obermann, den lassen Sie im Moment gefälligst mal außen vor.«

»Das wäre zum einen der überkorrekte Zugbegleiter.«

»Soso, der Zugbegleiter also?«, unterbrach Peterelli sie und hob erstaunt die Augenbrauen, um sich über Corina lustig zu machen. Diese sprach unbeirrt weiter:

»Und die Japanerin, diese Natsuki Nakamura, ferner die Nonne, Schwester Klara. Immerhin ist die vorbestraft und auf Bewährung ...«

»Soso, das wird ja immer besser«, unterbrach Peterelli sie erneut und lachte schallend. Sein Blick schweifte dabei in die Runde, suchte aber vergebens Gleichgesinnte. Sowohl Nadia als auch Kaspersky blickten ihn ausdruckslos an. »Ach Entschuldigung, ich habe Sie unterbrochen«, krebste er zurück. »Aber ich möchte betonen, dass diese Nonne das Opfer ja erst gefunden hat, als diese Japanerin bereits vor der Toten stand.«

»Wer sagt denn, dass die Nonne nicht davor die Tat begangen hat und anschließend versuchte, sich mit ihrer Schreiaktion aus der Schusslinie zu nehmen?«, hielt Corina geduldig dagegen.

»Motiv?«

»Keine Ahnung.«

»Diese Antwort habe ich erwartet. Aber gut, wen verdächtigen Sie sonst noch? Mich?« Er schüttelte den Kopf. »So kommen wir doch nicht weiter.«

Niemand sagte etwas, sie blickten ihn nur mit ausdruckslosen Mienen an.

Der Major nahm einen hörbaren Atemzug, der das Ende seiner Geduld ankündigen sollte. Dann sagte er: »Gut, ich sage euch allen mal was: Ja, theoretisch ist jeder verdächtig, der im Zug saß. Aber Dirk Obermann ist ein hochverdienter Beamter und ein ranghoher Militär auf höchster Stufe in Deutschland. Er hat seinerseits alle Hebel in Bewegung gesetzt und tut es noch immer, um die Fälle aufzuklären. Ein offener Verdacht käme einer Nestbeschmutzung gleich. Wie würde unser

Kommando auch dastehen? Außerdem hat er uns gegenüber absolut professionell und freiwillig sein DNA-Profil offengelegt. Machen Sie nur ruhig den Vergleich.« Peterelli blickte zu Kaspersky, dann zu Corina. »Ich wette meinen Posten, dass die Proben nicht übereinstimmen!«

Corina erwiderte mit fester Stimme: »Wette angenommen.«

»Sie fordern mich heraus? Wieso verdammt noch mal sind Sie sich so sicher?«

»Es ist sein Klang. Er steckt auf jeden Fall mit drin, das fühle ich.«

Peterelli konnte mit der Antwort so rein gar nichts anfangen. Hilflos sperrte er seinen Mund auf, worauf Corina weiterredete:

»Major Peterelli, Sie haben mich gefragt, und das war meine Antwort. Fragen Sie sich doch mal, wie Sie klingen würden, wenn Sie ein Lied wären, oder ich, oder die anderen hier im Raum. Wenn Sie das Lied von einem Menschen hören, dann hören Sie auch Misstöne raus. Die habe ich von Obermann gehört. Außerdem habe ich mich von Anfang an gewundert, wieso der Mann im Urlaub bewaffnet ist. Der trug unter seinem beigen Gilet seine Waffe, so was erkenne ich doch.«

»Wissen Sie was?« Peterelli schien seine Sprache wiedergefunden zu haben. »Das ist doch Psychogeschwurbel. In wenigen Stunden werden wir sehen, wer die Wette verloren hat. Und wegen der Waffe: Der darf eine tragen, er hat einen Waffenschein, wie Sie ja auch. Sie sind doch auch eben mit dem Zug aus München gekommen? Und wo haben Sie Ihre Dienstwaffe? Hmmm?«

»Major, der Teufel hat viele Gesichter und erzählt so

manche Geschichte, die nicht wahr ist. Deshalb werden Nadia Caminada und ich die Nonne noch heute in Einsiedeln eindringlich befragen. Morgen werden wir dann versuchen, den Zugbegleiter persönlich und später die Japanerin online ins Kreuzverhör zu nehmen. Nadia kann ja perfekt Englisch. Die Fallübergabe an das BKA in München kann doch sicher bis morgen Abend noch aufgeschoben werden, oder?«

»Bringen Sie mir bis dann Resultate. Mehr Zeit haben wir nicht!« Peterelli nahm seine Papiere und verließ das Sitzungszimmer.

Kaum war die Tür geschlossen, setzten sich die drei Frauen zusammen.

Nadia reckte sich etwas vor und sagte: »Corina, als du mich heute Morgen darüber informiert hast, dass du bei der *Bunten* angerufen und nachgefragt hast, wann Petra Schmitz die Reise im Preisausschreiben gewonnen habe, und du die Antwort erhieltest, dass zwar unter den Einsendern auch ihre Mail sei, sie aber nicht gewonnen habe, war ich perplex. Ich erinnerte mich wie du daran, dass Schmitz' Mutter uns am Telefon doch gesagt hatte, dass ihre Tochter ihr vor Freude über den Gewinn die Mail mit der Gewinnbenachrichtigung weitergeleitet hatte. Alles richtig?«

Corina nickte, Kaspersky hörte aufmerksam zu, trank wie immer ihren Kaffee brandschwarz.

»Und hier ist diese Mail«, Nadia stellte ihr Notebook so hin, dass beide den Bildschirm sehen konnten. »Eindeutig von der *Bunten*. Ich habe extra im Vorfeld noch unsere IT-Forensikerin um ihre Meinung gebeten. Sie sagt, da müssen, falls die Mail tatsächlich nicht echt sein sollte, absolute Profis am Werk gewesen sein. Sämtliche elektronischen Spuren, die so eine Mail beinhaltet, führen nämlich zur *Bunten*.«

»Das heißt«, Kaspersky stützte ihre Ellbogen, die wie immer in einer weißen, viel zu weiten Bluse steckten, auf dem Tisch auf, »jemand hat Petra Schmitz auf diese Reise geschickt, damit sie dort den Tod findet.«

Corina, die etwas müde war, antwortete: »Ich schließe daraus, dass die Täterschaft mit dem Mord ein Zeichen setzen wollte. Im selben Atemzug frage ich mich, wem dieses Zeichen gelten sollte. Gleich mehreren Personen? Denn man könnte ja mit weit weniger Aufwand und öffentlicher Aufmerksamkeit morden. Nun sind die Zeitungen natürlich voll von dem Fall im Bernina Express.« Sie blickte Nadia an, die unverzüglich antwortete:

»Dazu kann ich euch weitere Infos geben, die ich erst kurz vor dem Meeting in Erfahrung bringen konnte.«

»Und die wären?« Kasperskys Stimmlage war so trocken wie der Kuchen, der manchmal im Sitzungszimmer stand.

»Ich habe mich gefragt, wie Schmitz denn zu den Tickets gekommen war. Wenn die nicht von der Zeitschrift kamen, dann musste die ja jemand irgendwo gekauft haben, um ihr den angeblichen Gewinn anschließend zuzustellen. Die RhB gab mir folgende Auskunft: Die beiden Tickets waren nicht online gekauft worden, daher haben sie keine Zahlungsdaten erfasst. Aber sie konnten mir sagen, dass sie Mitte März, am siebzehnten, um genau zu sein, im Münchner Hauptbahnhof am Schalter gekauft worden waren.« Nadia blickte ihre beiden Kolleginnen an. »Unsere IT-Spezialistin hat sich den gesamten Vormittag hindurch bemüht, an die Kamerabilder des Bahnhofs zu kommen. Die war so richtig hartnäckig. Die Bilder habe ich zehn Minuten vor Meetingbeginn reinbekommen, und nun schaut euch genau an, wer die Tickets gekauft hat!« Nadia klickte auf eine der Dateien. Auf den Aufnahmen war Alexandra Händeler zu erkennen!

»Was geht hier vor?«, fragte Corina.

Nadia nickte. »Hey, ich kann's euch auch nicht sagen. Nur, dass es schlichtweg irre ist. Aber fassen wir zusammen: Da ›gewinnt‹ Petra Schmitz eine Zugfahrt für zwei Personen mit dem Bernina Express. Wochen später tritt sie die Fahrt alleine an, ihre beste Freundin, die sie hätte begleiten sollen, wird wenige Stunden vor der Abreise vergiftet und stirbt dann fast gleichzeitig wie Schmitz. Möglich, dass die beiden späteren Opfer ihr Umfeld in die Irre führen wollten, was diese Reise betraf, aber dafür müsste es einen Grund gegeben haben. Das ist meine erste These. Die andere lautet: Aufgrund der neuen Bilder hat also möglicherweise Händeler selbst Schmitz den Gewinn vorgetäuscht, was aber bedeuten würde, dass sie Schmitz' Mail überwacht hatte und so von deren Teilnahme am Wettbewerb wusste. Dann stellte sie Schmitz nach einer Wartefrist die gefälschte Gewinnmail zu, später dann die beiden selbst gekauften Reisetickets.«

»Aber wer hat dann aus welchem Grund Händeler vergiftet?«, wandte Kaspersky ein.

Corina entgegnete: »Das scheint mir noch komplizierter. Thema Pizza, Variante eins: Händeler war am Vorabend ihres Todes nicht allein. Nehmen wir mal an, diese ominöse Schwarzhaarige, die die Pizza abgeholt hat, hat mit ihr den Abend verbracht und Händeler damit vergiftet. Im WhatsApp-Verlauf mit Schmitz verliert Händeler aber kein Wort über die Frau, nur die Pizza und den Verdacht auf eine Lebensmittelvergiftung erwähnt sie. Hätte sie die Pizza tatsächlich nicht alleine gegessen, dann hätte sie sich doch mit Sicherheit bei der Person gemeldet, mit der sie die Pizza geteilt hatte, um nachzufragen, ob auch sie Symptome habe.« Nadia und Kaspersky nickten, und Corina fuhr fort: »Deshalb schließe ich diese Variante aus. Da wir davor schon das Thema IT-Profis beziehungsweise Hacken hatten, bin ich mir sicher, dass Variante zwei stimmt: Jemand muss Händelers Pizzabestellung abgehört und diese danach mit einem fingierten Anruf unter falscher Nummer abgeändert haben, sodass die Pizza nicht geliefert wurde, sondern diese Schwarzhaarige sie abholen und als Pizzakurierin getarnt unterwegs vergiften konnte. Ich zweifle daher kein bisschen mehr, dass diese Schwarzhaarige Händelers Mörderin ist.«

Nadia streckte sich. »Da soll mal einer draus schlau werden! So oder so, jemand, der über eine sehr gute IT-Infrastruktur und entsprechendes Fachwissen verfügt, hat die beiden Freundinnen umgebracht. Aber das Motiv?«

Corina vergrub ihr Gesicht in ihren Händen. »Was, wenn die beiden Freundinnen gegen einen gemeinsamen Feind ankämpften? Welche Rolle könnte Oberst Obermann dabei spielen? Diese Frage beschäftigt mich.«

Kaspersky saß bewegungslos da wie eine blasse Schaufensterpuppe. »Wir warten den DNA-Abgleich noch ab, dann müssen wir sowieso alles, was wir hier besprechen, nach oben weiterschieben, Giulia de Medici an Bord holen.«

Die beiden anderen nickten. Corina erhob sich. »Dann wollen wir doch in der Zwischenzeit mal schauen, ob wir es bei Sr. Klara mit einer scheinheiligen Nonne zu tun haben.«

Von Chur nach Einsiedeln betrug die Distanz genau einhundert Kilometer. Die Fahrt führte die beiden Ermittlerinnen erst am Ufer des Walensees entlang, der rechts von den stolzen Churfirsten flankiert wurde, deren steile Bergkämme so wirkten, als formten sie den Rand der Welt. Später wichen die Berge sanften Hügeln, nach der Linthebene glitzerte der Zürichsee, bevor die Landstraße sie ins Hinterland nach Einsiedeln führte.

Nadia und Corina würden um halb vier Uhr ankommen, zeigte das Navi in Nadias schwarzem Skoda Kombi an, während sie bei über dreißig Grad weiter der Landstraße folgten.

Sr. Klara war neunundvierzig und im Entlebuch aufgewachsen. Gestern hatte Nadia im Zuge der Verifizierung ihrer Personalien und wegen des Eintrags im Strafregister genauer hingeschaut. Doch wie so oft war es schwierig, Licht in die Winkel der katholischen Kirche zu bringen. Tatsache war, dass nach Schwester Klaras Weggang aus Bäretswil auch der Pfarrer die Pfarrei gewechselt hatte, nach Deutschland in einen erzkatholischen Ort in Bayern umgezogen war. Und dies war wiederum, wenn auch nur eine geographische, eine mögliche Verbindung zu den beiden Opfern, da diese in München wohnten. Die beiden Ermittlerinnen waren auf die Aussagen der

Nonne gespannt. Sie wollten es ihr auf jeden Fall nicht einfach machen.

Imposant erhob sich das Kloster Einsiedeln mit seiner Abtei und der Kathedralkirche, symmetrisch flankiert von den beiden Türmen und den vielen Anbauten. Die gesamte Anlage war riesig, Hunderte Fenster zählten allein die Nebenbauten, deren Mauern und Innenhöfe einen Schutzwall nach außen bildeten.

Es dauerte geschlagene zwanzig Minuten, ehe Sr. Klara sie im Innern empfing. Sie zeigte sich bei der Begrüßung überrascht und angespannt, fragte aber nicht, warum die Polizei zu ihr gekommen war.

Die Nonne führte sie in den hinteren Teil der Anlage, in einen der weitläufigen Gärten, in dem mehrere Beschäftigte, alles Frauen und ein Mann, bei der Arbeit waren. Sie trugen allesamt die grünblauen Überkleider von Gärtnern, außer Sr. Klara, die ihre schwarz-weiße Nonnentracht anhatte.

»Das hier, das ist mein Arbeitsplatz, ich bin gelernte Gärtnerin, arbeite hier im Garten und im Winter in der Küche.«

»Vorweg«, setzte Corina an, »wie kommt eine Nonne in ein Benediktinerkloster? Haben Sie ein Gelübde abgelegt?«

»Ich habe mich hier bloß auf eine freie Stelle beworben. Diese war ausgeschrieben, und so bin ich vor zwei Jahren hier gelandet. Ich wohne in einer kleinen Wohnung im hinteren Teil der Anlage. Sie müssen wissen, das Kloster könnte ohne die vielen Angestellten nicht funktionieren. Stellen Sie sich vor: Über achthunderttausend Pilger, Gläubige oder Besucher kommen jedes Jahr zu uns. Das ist auch ein Geschäft, ein sehr lukratives für die Brüderschaft. Anziehungspunkt ist übrigens die Gnadenkapelle mit der wunderschönen Schwarzen Madonna. Wollen Sie sie sehen?«

»Vielleicht später«, sagte Corina. »Zu meiner Frage: Wo haben Sie Ihr Gelübde abgelegt?«

»Habe ich nicht. Ich trage seit dem Eintritt hier nur die Ordenstracht.«

»Das hat bestimmt seinen Grund«, sagte Nadia, die über ihrem Shirt ein dünnes Gilet trug, um ihre Waffe zu verbergen. Mehrere der Arbeiterinnen hatten ihnen bereits verstohlene Blicke zugeworfen.

»Was wollen Sie von mir? Ist's wegen der alten Geschichte?« Sr. Klara schien etwas nervös. Ihre Hände umfassten das schlichte Holzkreuz, das sie an einer Art Rosenkranz um ihren Hals trug.

»Die ist doch abgeschlossen. Wir sind an der Aufklärung des Mordes im Zug«, entgegnete Nadia.

»Das heißt, Sie haben den Täter noch nicht?«

»Oder die Täterin. Wir müssen deshalb auch mit Ihnen reden.«

Sr. Klara hielt nun ihre Hand auf die Brust, als hätte sie einen großen Schrecken bekommen. »Sie glauben doch nicht etwa … um Gottes willen.« Ihr Blick suchte Corinas, deren Gesicht gleichbleibend freundlich blieb und nicht dieselbe Strenge trug, die Nadia während Verhören aufsetzen konnte.

»Sie wurden immerhin wegen Veruntreuung und Diebstahls verurteilt. Passt jetzt auch nicht so in den Lebenslauf einer Fast-Nonne, oder?«, sagte Corina.

Die Nonne senkte ihren Kopf. »Gott vergibt und vergisst, der Mensch niemals!«

»Sie haben in Bäretswil Ihre Stelle als Haushälterin verloren, nachdem bekannt wurde, dass Sie Geld veruntreut haben. Dazu kamen weitere Diebstähle. Wieso taten Sie das?«

Sr. Klara blickte sich um. Obwohl Corina in dieser Hitze ihre Waffe unter ihrem Hemd versteckte, schien die Nonne besorgt zu sein, dass die anderen Arbeiterinnen merkten, dass die Polizei hier war.

»Folgen Sie mir bitte«, sagte die Klosterfrau und drehte sich um, ohne eine Antwort abzuwarten.

Sie gingen zurück durch verschiedene Gebäudeflügel und weitläufige Flure, durch besonnte Innenhöfe, in denen es nach Blüten duftete, bis sie die Gnadenkirche betraten, wo der berühmte Schrein mit der Schwarzen Madonna stand.

»Hier drin erfahren Sie alles von mir, alles, was Sie wissen wollen«, flüsterte die Gottesfrau, nachdem sie sich mit Weihwasser aus einer Schale bekreuzigt hatte.

Corina blickte sich um: Die Kirche mit den hohen, weißen Bögen und den reichen Deckenbemalungen wirkte wie eine Kathedrale. Der Maria-Schrein stand in einer viereckigen Kapelle, die ganz in Schwarz gehalten mittig unter dem himmelhohen Gewölbe stand. Die heilige Skulptur, die im Goldprunk zu ertrinken scheinende Schwarze Madonna, war hinter schweren Gittern zu erkennen.

Sr. Klara setzte sich in einer ruhigen Ecke auf eine von vielen Bänken, faltete die Hände und blickte zu ihren Füßen.

»Sie sind also gar keine Nonne«, sagte Corina, um das Thema nochmals aufzunehmen. Die Kühle in der Gnadenkirche ließ sie beinahe frösteln.

»Sie haben recht. Ich bin nur eine gelernte Gärtnerin und bin immer eine gute Haushälterin gewesen ...«

»Bis ...«

»Ich bin eine Kleptomanin«, kam überraschend klar die Antwort.

Nadia und Corina warfen sich einen kurzen Blick zu, Corina hakte nach: »Haben Sie deshalb die Stelle beim Pfarrer in Bäretswil verloren?«

Die Nonne nickte, noch immer hielt sie den Blick gesenkt. »Aber ich habe bereits alles zurückbezahlt.«

»Warum arbeiten Sie nun hier, in diesem Kloster?«

»Weil ich hoffte, vom Guten beschützt zu werden. Damit ich nie mehr Böses tue.«

»Böses?«

»Sind wir nicht alle von Natur aus im Herzen schlecht?«, fragte Sr. Klara.

Weder Corina noch Nadia sagten etwas.

»Ich will ja nicht stehlen, und diese Ordenstracht soll mir dabei helfen, es nie wieder zu tun.« Sie hob den Blick und schaute zur kleinen Kapelle. »Die Schwarze Madonna ist wie ein Versprechen, solange ich mich nicht von ihr abwende, wird alles gut.« In ihren Augen schimmerten Tränen. »Schauen Sie der Schwarzen Madonna in die Augen, dann fühlen Sie den mütterlichen Blick, diese göttliche Liebe.« Sie rang um Worte.

Corina wuschelte sich durch ihren schiefen Haarschnitt. »Ich überleg's mir, das mit der Schwarzen Madonna. Sagen Sie uns eines: Der ehemalige Pfarrer von

Bäretswil, der ist, nachdem Sie die Arbeitsstelle bei ihm verlassen haben, nach Bayern gezogen. So weit weg … hört sich nach Flucht oder Verbannung an.«

Nadia hatte während der Frage eine kleine Schachtel mit Kaugummis rausgekramt und hielt sie den beiden hin. Nur Corina klaubte einen raus.

»Das hatte nichts mit mir zu tun, denn auch der Herr Pfarrer hatte seine Dämonen. Sie müssen wissen, er war ein schöner Mann, und es gab einsame Frauen in seiner Gemeinde. Ich habe ihn sogar mal in der Sakristei mit einer erwischt.« Sie nickte vielsagend. »So wie ich stehlen musste, suchte er wie im Zwang die Frauen. Mich betraf das aber nicht. Nun predigt er in einem völlig überalterten Dorf irgendwo in Bayern.«

Nadia übernahm: »Erzählen Sie uns genau, wie es dazu kam, dass Sie die Tote im Bernina Express fanden.«

»Das habe ich Ihnen doch schon erklärt. Ich musste aufs WC. Da stand diese zierliche Japanerin wie versteinert vor der Tür des Klos, und es dauerte einen Moment, ehe ich begriff, dass da etwas nicht stimmte. Da sah ich die Tote auf dem Boden liegen und schrie.«

Nadia flüsterte, da jemand an ihnen vorüberging. Der Geruch von Weihrauch wehte zu ihnen. »War vor dem Auffinden der Leiche sonst noch jemand in der Nähe, ging an Ihrem Sitzplatz vorbei?«

»Ich glaube nur dieser deutsche Polizist. Der große Kerl ist davor zwei oder drei Mal an mir vorbeigelaufen Richtung zweite Klasse und zurück. Er wirkte angespannt.« Ihre Stimme wurde flehend. »Bitte, Sie müssen mir glauben, ich habe mit dem Mord rein gar nichts zu tun. Ich möchte nur mein neues Leben hier leben und meine zur Bewährung ausgesetzte Strafe hinter mir lassen. Sie verschwenden Ihre wertvolle Zeit mit mir, während der Mörder da draußen frei rumläuft.«

Corina und Nadia sagten nichts, hatten die Aussage bezüglich Obermann hellhörig zur Kenntnis genommen. Die falsche Nonne stand auf. »Kommen Sie, ich zeige Ihnen beiden das Wunder der Schwarzen Madonna.«

Mit kurzen Schritten lief sie unter der mit aller Pracht ausstaffierten Bogendecke Richtung Schrein. Corina blickte Nadia an, beide zuckten mit den Schultern und folgten Sr. Klara. Diese blieb vor der mit einem dunklen Eisengitter gesicherten Allerheiligsten stehen. Als die beiden Ermittlerinnen neben sie traten, flüsterte sie:

»Das ist sie, die Schwarze Madonna. Sie, die Göttliche, sie kann Wunder bewirken. Flehen Sie sie an, dann wird die Schwarze Madonna Licht ins Dunkel bringen, auch in dem Mordfall, denn sie ist unsere Fürsprecherin beim Heiland.«

Corina blickte auf die eindrucksvolle Madonna-Figur, die ein Jesuskindlein in den Armen hielt. Beide trugen sie prunkvolle Gewänder aus purem Gold und Kronen mit Edelsteinen auf dem Haupt.

Die Nonne flüsterte: »Ich war leider zur falschen Zeit auf dem falschen Klo.« Dann bekreuzigte sie sich erneut.

Während Corina und Nadia in Nadias klimatisiertem Dienstwagen um kurz vor siebzehn Uhr auf der A1 Richtung Chur fuhren, meinte Nadia: »Corina, das Leben schreibt doch noch immer die verrücktesten Geschichten. Da versteckt sich doch glatt eine verurteilte Betrügerin und Kleptomanin unter einer Nonnentracht.«

Corina nickte. »Sag, hast du kontrolliert, ob du Waffe, Handy und Geldbörse noch hast?«, fragte sie Nadia lachend. »Ich weiß, das war jetzt ein bisschen fies. Aber im Ernst, es ist ja auch eine schräge Geschichte. Doch immerhin versucht diese Klara, wie mir scheint, jeden Tag aufs Neue, Herrin ihrer Dämonen zu werden, und sei es halt mithilfe einer falschen Ordenstracht.«

»Aber ihre Aussage belastet Obermann!«

»Das tut sie.«

Wegen des Abendverkehrs dauerte die Rückfahrt nach Chur länger als gedacht. Corina und Nadia kamen erst um kurz vor halb sechs Uhr im Kommando in Chur an. Noch immer knallte die Sonne gleißend vom Himmel. Die Berge glänzten im Licht. Nur die obersten Felswände des westlich gelegenen, fast dreitausend Meter hohen Calandas lagen schon im Schatten.

Auf dem Weg ins Kommando hatte Corina im City West, dem größten Einkaufszentrum in Chur, Brot und etwas Käse gekauft. Vor ihrer Zugfahrt ins Engadin würde um sechs Uhr ein kurzes Statusmeeting mit dem Major stattfinden. Dr. Kasperskys DNA-Analyse sei vollendet, wie diese vor wenigen Minuten am Telefon sagte, mehr aber ließ die Forensikerin noch nicht durchblicken.

Wie vor wenigen Stunden saßen die vier wieder um den großen Tisch, an dem zehn Personen Platz gefunden hätten. Corina und Nadia tranken Mineralwasser, Peterelli und Kaspersky ihren Kaffee stark und schwarz.

»Also?« Peterelli setzte die Miene eines Siegers auf,

aber Corina sah darin Neugierde, die zwangsläufig Unwissen ausdrückte.

Dr. Kaspersky, die stark nach diesem Tannennadel-Duftreiniger roch, hatte ihre Bluse bis zum letzten Knopf zugeknöpft. Ihre knochigen Hände ruhten auf dem Tisch. »Wie gesagt, ich und mein Geselle haben nicht viel von den Gewebespuren sichern können, aber genug, um ein klares Ergebnis zu erhalten.«

Alle blickten gespannt auf sie, hingen an ihren Lippen.

»Die von uns im Zug-WC gesicherte DNA stimmt nicht mit Obermanns DNA-Profil überein.«

Peterelli klatschte sich auf den Oberschenkel und blickte Corina an, die keine Miene verzog. Er sagte: »Das war ja auch verschwendete Zeit. So schnell sollte man seinen Job nicht verwetten, Adjutant Costa.«

Kaspersky blickte ihn an. »Ich bin noch nicht fertig, Major.«

»Bitte schön«, sagte er jovial und lehnte sich lässig entspannt mit dem Becher Kaffee in der Hand zurück.

»Der Fall hat eine neue Dynamik angenommen, denn Dirk Obermann hat uns falsche DNA-Daten geliefert.«

Peterelli verschluckte sich beinahe an seinem Kaffee und setzte den Becher ab. »Wie jetzt?«

»Na ja, es gibt ein Gesetz bei mir. Ich entnehme und bestimme die DNA von Verdächtigen immer selber. So habe ich, als Obermann hier im Sitzungszimmer saß, seinen Becher, aus dem er Kaffee getrunken hatte, sagen wir … sichergestellt, um im Bedarfsfall die DNA selbst bestimmen zu können. Das tat ich heute. Sie stimmt eindeutig mit der vom WC überein!«

Peterelli war sprachlos, aber nur für einen kurzen Moment. »Sie haben sich nicht an die Vorschriften gehalten. So eine Arbeitsweise geht doch nicht.«

Nun meldete sich Nadia zu Wort: »Major, entweder können Sie den Fall objektiv mit uns angehen, oder ich werde damit zu Erich Hartmann gehen.«

»Zum Kommandanten wollen Sie?«

»Genau. Denn Sie waren es, der nicht zuließ, dass wir in alle Richtungen ermitteln, und das mussten wir, wie Corina Costas Spürnase richtig gezeigt hatte. Sie, Major, müssen sich also fragen, wer hier vorschnell seinen Job verwettet hat! Ich erwarte nun ein entsprechendes Vorgehen, um die Hintergründe zu dieser DNA-Geschichte aufzuklären, wir dürfen keine Zeit mehr verlieren.« Nadias Augen funkelten verärgert. »Corina Costa und Dr. Kaspersky haben einen super Job gemacht, so sieht's doch aus.«

Peterelli schwieg einen Moment, drehte Däumchen. »Ich werde mich nochmals mit Erich Hartmann absprechen. Bis klar ist, was da läuft, geben wir keine Ermittlungsdaten mehr ans BKA weiter, auch dieses Resultat nicht. Morgen um neun Uhr findet das nächste Statusmeeting statt.« Er stand auf.

Corina hob ihre Hand. »Übrigens, die Aussagen der Nonne belasten Oberst Obermann zusätzlich. Möchten Sie Details wissen?«

»Bitte.«

Corina informierte ihn und endete mit den Worten: »Morgen Früh kommt mein Zug erst wenige Minuten nach neun in Chur an. Wegen des Statusmeetings um neun meine ich ...«

»Dann eben Viertel nach.« Peterelli verließ den Raum.

Kasperskys Gesicht zeigte einen Anflug von einem Lächeln, während sie Corina anschaute, danach nickte sie auch Nadia zu.

8

Die Sonne war in Pontresina bereits untergegangen, als Corina endlich mit dem Zug im Engadin ankam. Ihre Uhr zeigte, dass es bald einundzwanzig Uhr war. Auf der Fahrt hatte sie etwas Brot und Käse gegessen und viel Zeit zum Nachdenken gehabt. Der Fall ließ sie nun nicht mehr los.

Als Erstes ging sie im Dorf bei ihrer Freundin, der Bäuerin Brida Camenzind vorbei, dankte ihr und sagte, sie würde ihr morgen auf dem Weg nach Chur einen schönen Geißenkäse vorbeibringen.

In Gedanken versunken lief Corina danach in der zunehmenden Dämmerung den Berg hoch. Sie hatte ihre Waffe in den Rucksack gesteckt, ebenso das Hemd, mit dem sie diese im Kloster verdeckt hatte. Sie freute sich, als sie ihren kleinen Hof im Hang über sich sah.

Die Geißen waren noch auf der Weide, kamen freudig ans Gatter. Corina grüßte sie freundlich und hatte für jede ein liebes Wort bereit. Die Hühner waren der anbrechenden Dämmerung wegen bereits im Stall.

»Buna saira, Giallinas«, wünschte sie den Hühnern einen guten Abend. Die Tiere hockten auf ihren Stangen und beäugten Corina, die frohgemut das Hühnertörchen sicher verschloss.

Fred lag mit Giatta im Schaukelstuhl auf der Veranda, als hätten die beiden Corinas Ankommen schon vorausgeahnt, und sprang ihr mit einem großen Satz entgegen. Wie schön war es, sein weiches Fell und auch das von Giatta zu streicheln, fand Corina und liebkoste beide, ehe sie die Haustür aufschloss und wartete, bis die zwei vor ihr ins Innere geschlüpft waren.

Da war er wieder, der vertraute Geruch von Geborgenheit, das Holz, die Asche aus dem Ofen, die Bergwelt, und München war nun plötzlich weit, weit weg.

Corina hatte immer noch Hunger. Sie holte in der Dunkelheit zwei Tomaten aus dem kleinen Gewächshaus im Garten, öffnete eine Dose Thunfisch und aß vom Olivenbrot, dazu trank sie einen schweren Roten, während Giatta und Fred sich zu ihr auf die Veranda gesellten.

Zufriedenheit erfasste Corina im Wissen, wieder daheim zu sein, als sie nach dreiundzwanzig Uhr noch immer draußen saß und die Düfte des Sommers genoss. Da zerriss ihr altes Telefon plötzlich die Stille.

»Costa«, meldete sich Corina, nachdem sie sich ausnahmsweise etwas beeilt hatte, um das Gespräch entgegenzunehmen.

»Spreche ich mit Corina Costa von der Kriminalpolizei Graubünden?«, ertönte eine Hochdeutsch sprechende Stimme, die Corina einer Frau um Mitte dreißig zugeordnet hätte.

»Ja. Und mit wem spreche ich?«

»Meine Anweisung von Petra Schmitz lautet, dass ich Ihnen vorerst keinen Namen nennen soll. Noch nicht.«

Nun wurde Corina hellhörig. »Petra Schmitz?«

»Ich weiß, Sie sind verwundert. Das war ich vor wenigen Stunden auch. Und ich weiß noch immer nicht, ob ich nicht einem üblen Scherz aufsitze, dennoch handle ich gemäß Anweisung.«

»Anweisung?«

»In diesen Anweisungen, die stammen übrigens direkt von Petra Schmitz, steht, dass ich mich an die ermittelnde Behörde wenden soll. An die Amtsperson, die als Erste am Tatort war.«

»Ich bin ganz Ohr.«

»Vor wenigen Stunden habe ich eine außerordentlich brisante Akte zugespielt bekommen – direkt von Petra Schmitz.«

»Aber Sie wissen schon, dass die junge Frau am Dienstag umgebracht worden ist?«

»Das ist ja das Schauderhafte. Sie schreibt … warten Sie, ich lese vor:

Dies ist mein Vermächtnis. Wenn Sie diese elektronisch versiegelte Akte erhalten, bin ich seit über 48 Stunden tot. Für solch einen Fall habe ich aber vorgesorgt, ein automatischer Prozess wurde aktiviert, als meine Smartwatch über einen bestimmten Zeitraum keinen Puls mehr messen konnte. Im Zuge dessen erhalten Sie nun diese elektronische Akte an Ihre persönliche Mailadresse geschickt. Ich weiß, dass Sie eine vertrauenswürdige Journalistin sind. Die Zugangsdaten zum Entschlüsseln der Dateien erhalten Sie via Kurier separat zugestellt. Ich sende dies alles an Ihre Privatadresse, da die Verstrickungen in dem Fall noch weitreichender sind, als Sie und ich uns vorstellen können.

Doch wer bin ich eigentlich? Bis zu meinem gewaltsamen Tod lebte ich getarnt als Teilzeit-Altenpflegerin.

Nach meinem Dienst ging ich aber meiner eigentlichen Aufgabe nach: dem Aufspüren von Daten. Ich bin nämlich Whistleblowerin, aber nicht eine von der Sorte, die man allgemein kennt. Ich nenne mich die Schwarze Tellin und arbeite im Gegensatz zu anderen allein, das hätte mich besser schützen sollen. Da Sie diese Zeilen lesen, muss ich aber einen fatalen Fehler begangen haben, sonst wäre ich jetzt nicht tot. Ihnen vertraue ich auch nicht ganz, Sie sind aber das erste Glied in der Kette, und das soll was heißen. Wenn Sie nach dem Erhalt dieser Informationen nichts unternehmen sollten, bekommt in wenigen Tagen die nächste Journalistin dieselbe Mail, aber mit Ihrem Namen darin und dem Vermerk, dass Sie nichts unternommen haben!«

Die Anruferin in der Leitung machte eine kurze Denkpause, sagte zu Corina: »So weit verstanden?«

»Na ja, irgendwie schon, aber um was geht's hier eigentlich?«

»Ich lese weiter vor, dann verstehen Sie:

Schon bevor die Pandemie in Deutschland ausbrach und andere – sagen wir mal kontrovers diskutierte – Themen auf der nationalen oder internationalen Agenda auftauchten, hatte sich längst eine global agierende Gruppe gebildet, welche die Meinungsbildung in Deutschland anhand ihrer eigenen Interessen zu beeinflussen versucht. Die Gruppe nennt sich: DER RAT! Und dieser Rat kontrolliert entscheidende Teile der Medien, nicht nur in Deutschland! Auf der ganzen Welt!!! Es sind mächtige und ebenso irrwitzige Ideologen, wie wir sie aus den USA schon längst kennen, und welche bis in die höchsten Regierungskreise Einfluss ausüben, sodass Regierungsvertreter entweder zum Spielball des Rates werden oder direkt von diesem ins Amt eingesetzt werden. Die Welt ist erkrankt!!! Der Rat will uns indoktrinieren, ordnet an, was wir zu glauben und zu denken haben. Andersdenkende dürfen immer weniger schreiben oder denken, was sie für richtig halten, ohne ausgegrenzt und an den medialen Pranger gestellt zu werden. Öffentliche Ächtung ist garantiert, und DER RAT, der steht über allem!«

Die Anrufende räusperte sich und fuhr fort: »Nun ändert sich der Text. Es folgen Blogeinträge. Einer wurde fett markiert, die andern müssen Sie dann selber durchgehen:

7. Juni 2022, 23:47 Ich weiß nun, dass Alexandra Händeler mein Vertrauen schamlos ausgenutzt hat. Sie ist nicht die abtrünnige Tochter aus der Mediengruppe Hanselmann, sondern eine treue Anhängerin des RATES! Nun weiß ich, dass ich aufgeflogen, einem Maulwurf des RATES aufgesessen bin, auch wenn Alexandra bestimmt nicht weiß, wer in Wirklichkeit an der Macht sitzt. Was Händeler alles über mich rausgefunden hat, weiß ich noch nicht. Doch sobald sie mich meinem Pseudonym zuordnen können, war's das für mich. Aber ich werde mit denselben Mitteln kämpfen wie immer, nicht umsonst werde ich vom Rat so dringend gesucht. Ich habe beschlossen, Alexandra Händeler zu töten, der Rat und vor allem Alexandras Familie werden diesen Dolchstoß verstehen, sie sollen wissen, was sie noch erwartet ... außer sie sind schneller als ich.

Frau Costa, verstehen Sie jetzt, warum ich nicht sicher bin, was ich von all dem halten soll?«

Corina schwieg, dachte nach, bis die Anruferin fragte: »Frau Costa, sind Sie noch dran?«

»Ja, ja. Das Ganze verwirrt mich gerade.«

»Hören Sie, da hat es noch mehr Daten, viel mehr Daten. Ich maile Ihnen nur die verschlüsselte Hauptnachricht. Ich bleibe am Telefon, bis Sie die verschlüsselten Daten auf Ihrem Notebook haben.«

»Danke, aber ich muss Ihnen leider sagen, dass ich auf meinem Hof keinen Computer habe und meine Mailadresse daher von hier aus nicht abrufen kann.«

»Aber Sie sind doch Beamtin, oder nicht?«

»Ja, aber auch Bergbäuerin. Sie müssen wissen, dass ich auf fast zweitausend Metern inmitten von Bergweiden im Engadin wohne. Aber ich kann Ihnen die Mailadresse meiner Kollegin Nadia Caminada geben, die ist genauso vertrauenswürdig wie ich. Ich nehme an, dass sie eine private Mailadresse hat, die Caminada ist modern.«

»Lassen Sie mich bitte kurz überlegen. Ich rufe Sie gleich zurück.«

»Dann werde ich in der Zwischenzeit, noch ohne einen Grund zu nennen, Frau Caminadas private Mailadresse erfragen. Einverstanden?«

Corina erreichte Nadia auf ihrem Handy. Nadia gab Corina ihre Mailadresse bekannt und informierte sie sogleich darüber, dass Kommandant Hartmann die Chefermittlerin Giulia de Medici über den Fall informiert habe. Giulia sei deshalb auf dem Weg in die Schweiz. Sie selbst werde später mit ihr noch alles ausführlich besprechen, es sei denn, Corina wolle dies tun. Corina war es nur recht, wenn Nadia das übernahm, bat aber darum, noch ein wenig zu warten, sie sei gerade in Kontakt mit einer vielleicht entscheidenden Informantin.

Es dauerte zehn Minuten, bis die Frau wieder anrief: »Einverstanden, ich bin nochmals alle Anweisungen durchgegangen. Bitte nennen Sie mir die Mailadresse Ihrer Kollegin.«

Corina tat dies, die Frauenstimme sagte, dass sie es gemailt habe und nun auf die Bestätigung vonseiten Caminadas warte. Corina hatte ihr Handy eingeschaltet, weil sie zuvor Nadia damit angerufen hatte, und hielt gleichzeitig den Anruf auf dem Festnetzanschluss, bis sie per SMS Nadias Bestätigung bekam.

»Frau Costa, ich wünsche Ihnen viel Erfolg. Ich werde wie in den Anweisungen vermerkt, das Ganze nach Ihren Ermittlungen in unserer Zeitung publizieren und so das Ganze auch medial ins Rollen bringen.«

»Das wird aber Ärger geben, wenn das denn alles wahr sein sollte. Auf jeden Fall werde ich Ihnen nach den Ermittlungen alle nötigen Informationen durchgeben.«

»Wissen Sie, Frau Costa, es gibt wie bei der Polizei auch bei den Journalisten solche und solche. Aber ich habe einen Ehrenkodex, und den werde ich einhalten. Nun werde ich Frau Caminada den Entschlüsselungscode eingeschrieben per Eilsendung zusenden.«

»Moment, ich habe eine bessere Idee. Kommen Sie doch morgen nach Chur, wir könnten das Ganze zu dritt auswerten und einordnen. Wir dürfen nicht vergessen, dass Petra Schmitz womöglich zur Mörderin wurde. Wir müssen also genau hinschauen, auch ob diese ganzen Daten wirklich von der ermordeten Schmitz selbst stammen, denn ich habe noch weitere Hintergrundinformationen, die ich Ihnen aber jetzt am Telefon nicht bekannt geben kann.«

Die Frau war überraschend schnell einverstanden. Sie wohne in Salzburg und könnte morgen mit dem Auto nach Chur fahren. Sie vereinbarten, dass sie am nächsten Tag um Punkt zwölf Uhr an der Esso-Tankstelle Chur Nord, gleich nach dem Autobahnanschluss Nord in einem weißen BMW auf Corina und Nadia warten werde. Sie werde den Zugangscode, den es brauche, um alle Anhänge in der Mail überhaupt zu öffnen, morgen mitbringen. Auf dem Schreiben seien auch sämtliche Zugangsdaten für Schmitz' Notebook und Handy vermerkt, ergänzte die Anruferin zum Schluss.

Corina rief nach diesem seltsamen Gespräch nochmals Nadia an, die umgehend eine Telefonkonferenz mit Giulia de Medici schaltete. Corina informierte die beiden über das, was sie soeben von der Informantin erfahren hatte. Dabei hinterfragten die drei Obermanns Rolle in dem Ganzen und waren sich sicher, dass Schmitz mit der fingierten Zugreise tatsächlich in eine tödliche Falle getappt war.

Die drei Ermittlerinnen diskutierten: Auch wenn dieser Rat Petra Schmitz hat umbringen lassen, wieso in einem Zug in der Schweiz? Oder war etwas schiefgelaufen? Hätte Händeler Schmitz auf der Zugreise in eine Falle locken sollen, und wegen deren Vergiftung hatte man einen anderen Plan ausführen müssen? Oder hat sich die Situation erst auf der Fahrt so zugespitzt, war außer Kontrolle geraten? Und wer hat Petra Schmitz erdrosselt?

Corina saß während des Gesprächs auf der Veranda und blickte ins Tal, Nadia saß zu Hause im Wohnzimmer bei einer Tasse Tee, und Giulia de Medici fuhr soeben durch die Hügel des Apennin Richtung Mailand, während es Mitternacht wurde.

Am nächsten Morgen, es war Freitag, drei Tage waren seit dem Verbrechen vergangen, stand Corina zeitig um halb sechs Uhr auf und versorgte als Erstes ihre Tiere, bevor sie draußen auf der hölzernen Veranda ausgiebig frühstückte und sich dann auf den Weg hinunter nach Pontresina machte.

Beinahe hätte sie den Geißenkäse vergessen, den sie für Brida mitnehmen wollte. Sie war ein wenig spät dran, um den Morgenzug nach Chur zu erwischen. Deshalb setzte sie sich auf ihr altes Fahrrad und sauste wie der Wind die Naturstraße hinunter ins Dorf. In der letzten Minute erwischte sie den Zug.

Nadia holte Corina um kurz nach neun Uhr am Bahnhof in Chur ab und fuhr mit ihr ins Kommando. Pünktlich um neun Uhr fünfzehn betraten sie gemeinsam das Sitzungszimmer. Am langen Tisch saßen Kommandant Hartmann, Major Peterelli, Dr. Kaspersky und zu ihrer großen Überraschung auch Oberst Dirk Obermann!

Ehe sich Corina darüber wundern konnte, dass de Medici noch nicht anwesend war, stand die attraktive und große Schwarzhaarige schon in der Tür. Sie trug ein NY-Cap und hatte ihr Haar zu einem Pferdeschwanz zurückgebunden. Giulia trug dunkelblaue Jeans und ein helles, enges Shirt und war braungebrannt, diesmal nicht nur von der Bündner Bergsonne. Sie war kurzfristig einige Tage nach Genua gefahren, wo ihr Vater ein kleines Familienhotel direkt am Mittelmeer betrieb. Sie begrüßte als Erstes ihre beste Freundin Nadia mit einer kurzen Umarmung, ehe sie auch die anderen freundlich grüßte. Mit ihren dunklen Augen fokussierte sie dabei Obermann, der von ihrer Präsenz sichtlich eingenommen war.

Nachdem sich Giulia mit einem Becher Kaffee gesetzt hatte, übernahm der Kommandant das Wort: »In Anbetracht der heiklen Situation, von der mir Major Peterelli gestern berichtet hat, musste ich die Chefermittlerin de Medici einbeziehen. Außerdem bringt sie hoffentlich einen frischen Blick auf die Sachverhalte mit ein. Gleichzeitig habe ich Oberst Obermann vom BKA Wiesbaden angerufen und ihn zum heutigen Meeting eingeladen. Da er sowieso heute seine Frau im Quellenhof abholen wollte, kam ihm dies nicht ungelegen.« Mit Blick zu Obermann fügte er an: »Danke für Ihr Erscheinen.«

Dann schwenkte sein Blick zu Giulia. »Leutnant de Medici ist über den Sachverhalt bestens informiert worden und wird das Gespräch nun leiten.«

Außer Obermann wussten mittlerweile alle im Raum von der ominösen Informantin, die in drei Stunden in Chur eintreffen sollte. Außerdem wusste er noch nichts über die DNA-Beweislage, die ihn schwer belastete und der Grund war, warum man ihn hergebeten hatte.

»Nochmals guten Morgen allerseits, ich hatte gestern Abend genügend Zeit, mich in die Datenlage einzuarbeiten und habe die Fälle mit Corina Costa und Nadia Caminada eingehend besprochen. Ich komme direkt zum springenden Punkt …« Sie konfrontierte Obermann mit dem DNA-Treffer und ließ dabei ihr kämpferisches Temperament durchscheinen. Bevor er den Mund auftun konnte, hob sie die Hand und sagte: »Es stellen sich genau zwei Fragen. Erstens: Wieso fanden wir Gewebespuren von Ihnen im Tatort-WC? Zweitens: Wieso haben Sie uns ein falsches DNA-Profil übermittelt?«

Obermann schien irritiert. Er hatte seine großen Hände vor sich gefaltet auf dem Tisch liegen. Die beiden Daumen rieb er langsam aneinander. »Frau de Medici, das wegen der falschen DNA kann ich erklären. Da muss ein Mitarbeiter im BKA Wiesbaden einen Fehler gemacht haben. Ich wollte Ihnen mein DNA-Profil vollumfänglich zur Verfügung stellen. Ich finde es eine Frechheit, dass ich hier nun wie ein hundsgewöhnlicher Verdächtiger behandelt werde. Das lasse ich mir nicht bieten!«, polterte er und blickte zum Kommandanten.

Doch Giulia war es, die ihm antwortete: »Dann erklären Sie uns hier und jetzt, wie Hautgewebe von Ihrem Kopf an den Vorsprung an der Decke des Tatort-WCs gelangte. Die Schürfwunde, die dadurch entstanden ist, tragen Sie doch noch immer verdeckt unter Ihrer Schirmmütze.«

»Das passierte, als ich mir die Leiche genauer ansehen wollte. Na und?«

»Und weshalb sagten Sie nichts über den Vorfall, als Adjutant Costa mit Ihnen vor der Toten stand?« Giulia beugte sich etwas vor. »Herr Obermann, ich kenne die Antwort bereits.« Sie verschränkte die Arme und stützte sie auf den Tisch. Da Obermann schwieg, sprach sie weiter: »Sie saßen nicht als Tourist im Zug, oder trugen Sie die Waffe etwa, um auf der Passhöhe ein paar Murmeltiere zu erlegen? Sie, Herr Obermann, hatten einen Auftrag zu erfüllen, darum reisten Sie auch ohne Ihre Frau.«

»Alles kein Verbrechen.«

»Habe ich von einem Verbrechen gesprochen? Nur darüber, dass Sie uns nicht die Wahrheit sagten. Doch wir hier, wir glauben, dass Sie dieser Petra Schmitz auf der Spur waren, der Schwarzen Tellin!« Giulia lehnte sich im Stuhl zurück. »Wir wollen Ihre Rolle in dieser Geschichte in Erfahrung bringen, nur dann rücken wir gegebenenfalls mit den für Sie möglicherweise entscheidenden Fakten heraus, die Corina Costa und Nadia Caminada längst ermittelt haben!«

Obermann nahm einen langen Atemzug und lehnte sich seinerseits kurz zurück, ehe er sich nach vorne beugte und die Unterarme auf den Tisch legte. »Eines muss man euch Berglerinnen ja lassen, zäh seid ihr alle und hartnäckig obendrein.« Er blickte zu Giulia. »Na gut, es wird sowieso unvermeidlich, Sie sind dem Anschein nach viel weiter mit den Ermittlungen, als ich es Ihnen allen zugetraut hätte.« Er nickte mehrmals, blickte für einen Moment auf die Tischplatte, fuhr mit einer Hand über seinen Mund, ehe er seinen Blick wieder hob. »Ich gehöre seit drei Jahren einer geheimen Ermittlungsgruppe an, die dem Bundesnachrichtendienst unterstellt ist. Aber vielleicht muss ich an einem anderen Punkt beginnen: In den letzten Jahren wurden mehrere Journalisten in Deutschland umgebracht, die, sagen wir mal, einflussreich publiziert hatten. Schmitz war überzeugt, dass diese Journalisten in irgendeiner Weise mit einer Verschwörungsgruppe namens Der Rat zusammenhingen, für ihn arbeiteten. Mit ihren Berichten verbreiteten sie die Falschinformationen des Rates. Das geht ja heute schnell. Die Spuren dieser Morde führten im Darknet alle zu einem Namen: Schwarze Tellin. Ob es sich dabei um eine Person oder eine Organisation handelte, war nicht zu ermitteln. Wir zogen lediglich eine Verbindung zum Schweizer Freiheitshelden, diesem Wilhelm Tell, der den bösen Landvogt in der berühmten hohlen Gasse mit der Armbrust erschossen haben soll. Die Täterschaft wollte, dass wir um diese Verbindung wissen, die Journalistenmorde einem Täterprofil zuordnen konnten, denn sie hinterließ bei jeder Leiche ein Symbol …«

Corina unterbrach ihn: »Und als Sie die Tätowierung, die Spinne mit der Armbrust, im Nacken der toten Schmitz sahen, wussten Sie sofort, dass sie die gesuchte Mörderin ist?«

»Ja, oder zumindest eine davon. Aber mir war klar, durch diesen Mord im Zug hätten wir die Möglichkeit gehabt, eine Stufe tiefer in diese Organisation des Rates einzudringen, herauszufinden, wer Schmitz aus dem Weg räumen wollte. Doch während meiner Ermittlungen im geheimen Ermittlungsteam entdeckten wir im Vorfeld ein Leck im Bundesnachrichtendienst. Unsere Ermittlungen in der Sache wurden nach außen getragen, wir vermuten zu einem Mitglied des Rates.«

»Konkret ein Beispiel?«, forderte Giulia.

»Wir forderten einen verdeckt ermittelnden externen Datenspezialisten an und ließen ihn im Bundesnachrichtendienst, im BND, nach geheimen Datenabflüssen fahnden. Er stieß auf verschlüsselte Datenpakete, doch es dauerte zwei Jahre, um den Zugangscode dahinter zu entschlüsseln. Wer der Maulwurf im BND ist, das konnte bis heute nicht ermittelt werden, aber wir fangen dank des Entschlüsselungscodes die geheimen Mitteilungen nun ab.«

»Wissen Sie mehr über diesen Rat?«, fragte Giulia.

»Nicht, wer die führenden Köpfe sind. Aber anhand der Morde an den Medienschaffenden in Deutschland wissen wir, dass dieser Rat ähnlich wie die Mafia funktioniert. Er versucht Einfluss zu nehmen auf Politik, Wirtschaft, Medien.«

»Wie kamen Sie auf Petra Schmitz?«

»Na ja, auch nur indirekt. Dieser Rat muss extrem gut vernetzt sein. Wir haben eine verschlüsselte Nachricht vom Maulwurf im BND abgefangen, der sich unter einem Decknamen im Netzwerk des Rates darüber ausgetauscht hatte, dass der Rat einen wichtigen Gegner, die Schwarze Tellin, aufspüren konnte. Weitere abgefangene Datensätze brachten dann den Namen Petra Schmitz ins Spiel. Sie soll die ominöse Schwarze Tellin sein, eine gnadenlose Hackerin, die ihre entlarvten Opfer, die vermeintlichen Sprachrohre des Rates, umbringt und deshalb schon lange auf dessen schwarzer Liste stand.« Obermann nahm einen tiefen Atemzug. »Sie müssen verstehen, dieser Rat ist nicht greifbar. Man muss ihn sich wie eine Cloud, eine Wolke, ein Phantom vorstellen. Er funktioniert ähnlich wie ein Geheimorden, in den man eintreten kann, ohne den oder die Gründer zu kennen. Eben so was wie die Mafia in Italien. Mit einer globalen Weltherrschaft hat das aber rein gar nichts zu tun. Da geht es ja manchen Leuten mit der Phantasie durch.«

»Aus welchem Grund saßen Sie gemeinsam mit dem Opfer im Bernina Express?« Giulia de Medici hielt ständigen Blickkontakt zum Oberst.

»In einer der verschlüsselten Nachrichten, die der Maulwurf im BND an eine sogenannte tote Mailbox geschickt hatte, stand dieser Name Petra Schmitz im Zusammenhang mit der Schwarzen Tellin. Mehr nicht. Wir dachten erst, dass Petra Schmitz ein Pseudonym sein könnte, wie Max Muster oder Peter Meier, weil es ein Name ist, den es in Deutschland oft gibt, zu oft, als dass wir hätten rausfinden können, welche Person genau in der Nachricht gemeint war. Doch wir haben später noch eine weitere Nachricht abgefangen, die besagte, dass das Zielobjekt auf der Reise mit dem Bernina Express an der Endstation Tirano entführt werden soll. Der Rat wollte sie lebendig, der Informationen wegen.«

»Und wegen des Lecks im BND ermittelten Sie sozusagen unter dem Radar, machten eine private Reise mit dem Bernina Express, richtig?«

»Richtig, denn jeder im BND könnte der Maulwurf sein. In Tirano standen bereits vier Beamte von Interpol bereit, um die Entführung zu verhindern, die Hintermänner zu verhaften, aber der Rat hat uns vorgeführt. Der Mord geschah noch im Zug, damit wollte er seine Macht demonstrieren, denn mit Sicherheit hat er von meinen Ermittlungen Wind bekommen!«

»Aber wie wussten Sie, wer von den Passagieren im Zug diese Petra Schmitz war?«

»Aus einer dieser entschlüsselten Nachrichten des BND. Darin stand, welches Abteil und welchen Sitzplatz sie haben wird, aber das erst kurz vor dem Reisetermin. Doch mir schwante bereits Böses beim Einsteigen in den Zug, denn gemäß derselben Nachricht sollte Schmitz von einem Lockvogel des Rates begleitet werden, doch Schmitz reiste allein. Deshalb lief ich einige Male unauffällig an ihrem Platz vorbei, beobachtete sie, doch irgendwann war es geschehen, Petra Schmitz, die mordende Schwarze Tellin, lag tot im WC. Und als meine Leute Stunden später Alexandra Händeler fanden, wusste ich sofort, dass sie der Lockvogel des Rates gewesen sein musste und von Schmitz wahrscheinlich enttarnt und daher umgebracht worden war. Ich nehme an, die schwarzhaarige Frau, die die Pizza abgeholt hat, war die verkleidete Schmitz selbst, die mit ihrem Know-how als Hackerin längst Händelers Handy abgehört hatte.«

Corina war es nun, die Obermann erklärte, wie sie und Nadia dahinterkamen, hinter die falsche Reise. Er hob anerkennend die Augenbrauen. Doch noch sagte Corina keinen Ton über die Informantin, die sie später treffen würden und die ihnen Daten zugänglich machen würde, in denen Schmitz womöglich den Mord an Händeler und an den anderen Opfern zugab, weil sie nun ja nichts mehr zu verlieren hatte.

Giulia de Medici hielt weiter Blickkontakt mit Obermann. »Aber das bedeutet ja dann, dass Sie, Herr Obermann, ebenfalls aufgeflogen sind, der Rat wusste von Ihren Ermittlungen und wahrscheinlich auch von der Interpol in Tirano. Der Rat wollte Ihnen mit dem Mord vor Ihrer Nase drohen!« Obermann sagte nichts, und Giulia ergänzte: »Doch als Erstes müssen wir nun den Mörder im Zug aufspüren, der wird uns möglicherweise zu weiteren Hintermännern des Rates führen. Costa, Caminada und ich haben noch ein Treffen mit einer Informantin und würden uns gerne am Nachmittag nochmals mit euch allen hier treffen. Passt es um fünfzehn Uhr?«

Die Informantin war um Punkt zwölf Uhr am vereinbarten Treffpunkt. Um keine Unruhe zu stiften, ging Corina allein zu ihr, nahm alles in Empfang. Die Frau wollte noch immer keinen Namen nennen, sprach aber ein perfektes Hochdeutsch. Giulia und Nadia hatten sich versteckt positioniert, beobachteten und dokumentierten die Übergabe. Außerdem notierten sie das Kennzeichen des Wagens.

Danach fuhren sie allesamt ins Kommando. Die IT-Spezialistin machte sich gleich an die Arbeit, jetzt wo sie die Logindaten zu Schmitz' Notebook und Handy hatte.

Nachdem sämtliche Daten auf einem Rechner gespeichert waren, der mit keinem Netzwerk verbunden war, begannen die Ermittlerinnen gemeinsam mit der Informatikerin die Daten zu sichten, teilten die Datenpakete auf. Sie saßen gemeinsam in einem von Jalousien verdunkelten Raum und sichteten Stunde um Stunde das viele Material. Das Meeting um fünfzehn Uhr mussten sie wiederholt nach hinten verschieben. Hartmann kam mehrmals rein, wollte den Stand wissen und hörte jedes Mal: »Wir haben's gleich.«

In den Logeinträgen fanden sie einen Eintrag von

Schmitz, in dem stand, dass sie tatsächlich verkleidet Händelers Bestellung abgeholt und mit Podophyllin vergiftet hatte. Im Mehrfamilienhaus hatte sie danach absichtlich die ältere Frau, die oberhalb von Händeler wohnte, rausgeklingelt und beim Haupteingang unten dann so getan, als wäre die Pizza für sie. Als die Alte den »Fehler« bemerkte, brachte sie Händeler die Pizza auf dem Rückweg in ihre Wohnung an die Tür, mit der Mitteilung, dass die Frau vom Pizzalieferservice aus Versehen bei ihr geklingelt habe. Auch fünf weitere Morde an Journalisten waren tagebuchmäßig festgehalten, und das mit allen Details – eine Chronologie des Grauens.

Während der weiteren Sichtung der vielen Daten stand Corina, die die Fotos auf Schmitz' Handy unter die Lupe nahm, plötzlich auf und rief: »Kommt mal alle her.« Die anderen scharten sich um das Display des goldenen Handys.

»Schaut, Schmitz hat heimlich alle Personen im Zug fotografiert. Sie ist nach der Abfahrt in Chur durch sämtliche Abteile gelaufen.«

»Und?«, fragten die anderen unisono.

»Ich glaube, ich weiß nun, wer sie ermordet hat.« Corina hob ihr Gesicht. »Ich muss sofort Dr. Kaspersky anrufen.«

Zwei Stunden später, erst um kurz vor zwanzig Uhr dreißig, kam Dr. Kaspersky in den Raum. In der Hand hielt sie eine verschweißte Plastiktüte. Sie nickte Corina zu. »Ihr könnt loslegen, wir machen uns an die DNA-Auswertung.«

Corina nickte, sprach mit Giulia, die den Daumen hochhielt, dann verließen Corina und Nadia das Kommando, nicht ohne sich zuvor ihre Waffen umzuschnallen.

Das Kloster Einsiedeln lag in der Dämmerung, einige Lichter brannten in den vielen Nebengebäuden, als die beiden Ermittlerinnen von einem der Benediktinermönche in die Gnadenkirche geführt wurden. Zwei Beamte der Kantonspolizei Schwyz begleiteten sie.

Sie fanden Sr. Klara kniend vor der Kapelle der Schwarzen Madonna. Corina und die anderen blieben einige Schritte hinter ihr stehen. Kerzen brannten, es roch nach Weihrauch.

Als hätte Sr. Klara gespürt, was in ihrem Rücken vor sich ging, erhob sie sich langsam und bekreuzigte sich mehrmals, dann drehte sie sich um und blieb bewegungslos stehen.

Corina sagte leise: »Wir haben das Kreuz gefunden, Ihr Kreuz. Ihr Opfer hat Sie vor der Tat heimlich fotografiert, da trugen Sie es noch über Ihrer Ordenstracht. Nach der Tat war es auf dem Foto, das Dr. Kaspersky gemacht hatte, während wir die DNA von jedem Passagier entnahmen, nicht mehr zu sehen.«

Stille lag in der leeren, riesigen Gnadenkirche.

»Wieso haben Sie so etwas Schreckliches getan?«, fragte Corina.

»Angst«, kam leise die Antwort, »ich wollte nicht ins Gefängnis.«

»Was haben Sie getan?«

»Als die junge Frau aufs WC ging, da habe ich ihr Handy, so ein schönes goldenes, von der Ablage am

Fenster genommen, dort, wo sie es liegen gelassen hat. Ich konnte nicht anders. Es war wieder dieser innere Ruf. Schnell schaltete ich es aus, und als die Frau mich fragte, ob ich jemanden gesehen hätte, der es genommen hat, sagte ich Nein, aber es seien halt der eine oder die andere zuvor vorbeigelaufen.«

»Wie kam sie Ihnen auf die Schliche?«

»Ich gebe es ja zu: Auch seit ich die Ordenstracht trage, stehle ich weiter, doch noch nie kam jemand auf die Idee, ich wäre eine Diebin. Die Leute wollen glauben, was sie sehen. Doch diese Frau trug so eine Uhr. Sie drückte einen Knopf, da fing das Handy in meiner Tasche an, einen Ton abzugeben … obwohl es ausgeschaltet war!«

»Weiter?«

»Ich gab's zurück, entschuldigte mich, doch sie drohte, sofort zum Zugbegleiter zu gehen, mich anzuzeigen. Da wusste ich, dass ich dann wegen meiner bedingten Gefängnisstrafe einsitzen muss. Als sie aufs WC ging, schlich ich ihr also nach, wollte eigentlich nur mit ihr reden, griff dabei an meine schwere Holzkette mit dem Kreuz, um Hilfe von oben zu bekommen, doch dann … alles ging plötzlich wie von alleine. Dann schlich ich mich zurück. Als kurze Zeit später die Japanerin das Abteil verließ, ging ich hinterher und schrie …«

»Wir haben die Kette im Abwassertank des Zuges gefunden. Sie sind aufgrund der Tötung von Petra Schmitz verhaftet!«, sagte Corina trocken und griff nach den Handschellen an ihrem Gurt.

Ein komisches Gefühl überkam Corina, als sie während der ganzen Fahrt zurück nach Chur auf der Rückbank neben der in Handschellen gelegten Nonne saß, die ohne Unterbruch weinte und zur Schwarzen Madonna flehte.

Nachdem die Nonne im Kommando in Chur in eine Zelle gebracht worden war, versammelte sich das gesamte Ermittlungsteam im Sitzungszimmer um den Tisch. Die Fälle waren gelöst. Schmitz hatte Händeler vergiftet und die Nonne Schmitz erdrosselt.

Obermann, der ein Glas Mineralwasser in der Hand hielt, räusperte sich. »Gute Arbeit, wirklich gute Arbeit. Wenn diese scheinheilige Nonne also gar nicht im Auftrag des Rates gehandelt hat, dann ist es noch immer möglich, dass dieser nichts von meinen Ermittlungen weiß. Das ist gut. Nun werden wir mit den Daten von Petra Schmitz möglicherweise endlich mehr über diesen Rat herausfinden können, wie und von wem er gesteuert wird. Schmitz hat tatsächlich einen mafiösen Bund aufgedeckt, sich darüber hinaus aber einen ganzen Kosmos von Verschwörungstheorien zusammengereimt. Sie verlor sogar das Vertrauen in den Rechtsstaat und wurde zur verblendeten, radikalen Mörderin. Menschen sind gestorben, und das wegen eines Hirngespinsts.«

Er gab beim Abschied allen die Hand, auch Corina, die sagte: »Corina, wenn's recht ist.«

»So fühlt sich also Schweinehüten bei euch in der Schweiz an?« Er lächelte, und die anderen wunderten sich. »Ich bin der Dirk.«

Obermann verließ mit Hartmann das Kommando. Erleichterung war unter den vier Frauen zu spüren, als sie gemeinsam in der Dunkelheit das Kommando verließen und sich in der lauen Sommernacht voneinander verabschiedeten. Giulia wollte noch in derselben Nacht zurück nach Genua fahren, Nadia nach Hause zu ihrem Verlobten, und auf Kaspersky warteten ihre beiden Nacktkatzen zu Hause. Und wieder fuhr jemand vom Bereitschaftsdienst Corina bis nach Pontresina.

Am nächsten Tag, es war Samstag, und Corina hatte frei, brach sie am frühen Nachmittag zu einer Bergwanderung auf. Nur einige Schönwetterwolken reisten gemächlich mit dem sanften Südwind gen Norden. Sie trug ihr Kopftuch mit den Edelweiß- und Alpenröschenmotiven.

Sie stieg den Berg hoch und sonnte sich hoch oben auf einer Weide. Fred folgte ihr auf Schritt und Tritt und tollte um sie herum, bevor er sich am späten Nachmittag ganz nah zu Corina legte und ein Schläfchen machte. Sie streichelte ihn so wie der warme Sommerwind ihre Haut, während der feuerrote Bernina Express von Tirano aus soeben den höchsten Punkt auf dem Berninapass erreichte, am Lago Bianco und dem Lej Nair vorbeifuhr und dabei einen heiteren, langgezogenen Pfiff ausstieß.